# 天鹅处女型故事

【中国民俗文化丛书】

刘魁立 张旭 主编
郭俊红 著

中国社会出版社

**图书在版编目（CIP）数据**

天鹅处女型故事/郭俊红著．—北京：中国社会出版社，2010.7

（中国民俗文化丛书/刘魁立，张旭主编）

ISBN 978-7-5087-3229-9

Ⅰ.①天…　Ⅱ.①郭…　Ⅲ.①民间故事—简介—中国　Ⅳ.①I207.7

中国版本图书馆 CIP 数据核字（2010）第 087628 号

**丛 书 名：** 中国民俗文化丛书
**丛书主编：** 刘魁立　张　旭
**全案策划：** 李春园
**书　　名：** 天鹅处女型故事
**著　　者：** 郭俊红
**责任编辑：** 郑双梅
**出版发行：** 中国社会出版社　邮政编码：100032
**通联方法：** 北京市西城区二龙路甲 33 号新龙大厦
电　话：（010）66080300　（010）66083600
（010）66085300　（010）66063678
邮购部：（010）66060275　电　传：（010）66051713
编辑室：（010）66060097
**网　　址：** www.shcbs.com.cn
**经　　销：** 各地新华书店
**印刷装订：** 中国电影出版社印刷厂
**开　　本：** 155mm×225mm　16 开
**印　　张：** 11.5
**字　　数：** 100 千字
**版　　次：** 2011 年 4 月第 2 版
**印　　次：** 2014 年 9 月第 3 次印刷
**定　　价：** 19.50 元

# 序

中国民俗学会理事长　　刘魁立

人生活于文化之中，正像人离不开空气一样。《周易》说："观乎天文，以察时变；观乎人文，以化成天下。"无论汉语"文化"一词是否由此而来，这段话至少说明，我们的祖先向来对文化的重要性有十分清楚和极其深刻的理解。文化确乎是人之所以成为人、人类之所以成为人类的根本标志。人创造了文化，文化也创造了人，从这个意义上也可以说，人是文化的动物。

从文化本身来说，相当长一段历史时期的传统文化可以粗略地、也是相对地划分为两大分流，即所谓上层文化（或称高层文化、雅文化、精致文化……）和下层文化（或称基层文化、底层文化、低层文化、民间文化）。

民间文化是人民群众创造的最古老的文化，因为它的根源可以追溯到人类发展的初始阶段；民间文化同时也是最年轻的文化，因为它仍然活生生地存在于人民的日常生活和口碑之中。民间文化还是整个社会文化的基础，并且具有极强的生命力。上层文化往往是对民间文化选择、改造和精致化的结果。

民间文学、民间艺术是民间文化中最富色彩的一个组成部分。它在人类创造的一切艺术中，生命最活跃，涉及最广泛。它以古朴纯真的艺术手段，反映着人民群众的现实生活、理想和追求。它的无数珍品，是当之无愧的美的典范。没有了它，人类将失去多少童真的回忆；没有了它，人类的爱祖国、爱家乡将会缺少多少实际可感的具体内容；没有了它，人类的欢乐、悲伤也将变得干枯而平淡；没有了它，人类将会失掉多少生活的甘美和幽默……

万家社区图书室援建和万家社区读书活动，是建设社会主义文化和建设社会主义新农村的一项战略举措。我们，作为受到农民兄弟哺育和培养的知识界、文化界，有义务用学来的知识回报衣我食我的父老乡亲，这不仅是我们的社会责任，也是我们的荣耀。

中国民俗学会在这项重要活动中，承担有关中国民间传统文化的约50种图书的撰写工作，我们组织了学养很高的，包括大批教授、研究员在内的专家队伍，来完成此项写作任务。他们在相关领域里，学有所长，业有专攻，所有作者都以光荣志愿者的精神，以科学严谨的态度，用生动活泼的文字，把相关的准确而丰富的知识，呈献给农民兄弟和城镇社区的读者。完成这项具有重要意义的写作编书任务，是我们人生当中一件值得骄傲、值得自豪的事情。

中国民间文化是世世代代锤炼和传承的传统文化，其中凝聚着民族的性格、民族的精神、民族的真善美，是中华民族彼此认同的标志，是祖国同胞沟通情感的纽带。历史悠久、内涵丰富的传统文化也是我们中华民族对人类文化多样性发展的巨大贡献。急剧变化的时代在淘洗着传统的民间文化。在当今时代，我们尤其有必要对我们丰富淳厚、历史悠远的民俗传统立此存照，将其中的优秀部分及其真谛展示给广大民众，使他们对中华大地、对祖国同胞、对优秀的文化传统和淳厚的民俗民风怀有更深刻的眷恋、热爱和崇敬。继承和发扬中华民族创造的非常丰富而优秀的非物质文化遗产和民族精神，是我们的幸事，也是我们的历史责任。

我希望在大家的共同努力下，民间文化之花越开越鲜艳，为我们祖国、为我们中华民族赢得一个永恒的春天。

# 目录

# 第一章

# 我国汉族文献中的天鹅处女型故事

天鹅处女型故事主要是指一男子望见几个毛衣女在浴池中戏水，便潜往藏下一女的毛衣。其后众女穿上毛衣飞去，独留下一女与男子结为夫妻。若干年其女子通过儿女找到毛衣，当即飞去，不久又飞转来将儿女接走的故事。[①]

天鹅处女型故事是世界范围内广泛流传的一类美丽的民间故事，它如璀璨的明珠镶嵌在世界民间文学的王冠上。我国境内流传的此类型的故事传说不仅数量丰富、姿态万千，更是历史悠久。现当代仍在广西、海南、云南、贵州、西藏、四川、湖北、内蒙古、吉林、黑龙江、山东、新疆及台湾地区的汉族和藏、回、苗、壮、朝鲜、侗、瑶、傣、黎、佤、毛难、锡伯、鄂伦春、赫哲等少数民族聚居区流传，如《五彩带》（瑶族）、《勇敢的阿刀》（壮族）、《天仙下凡》、《阿德哥和七仙

① 祁连休：《中国古代民间故事类型研究（卷上）》，石家庄，河北教育出版社，2007。

女》（黎族）、《七仙女的故事》等①。这些隐身在浩瀚的古文献中的材料为我们当代人研究探讨天鹅处女型故事的深厚蕴意，了解古人神秘思维提供了丰富的材料，因此让我们从文献梳理开始我们的天鹅之旅吧。

## 先秦至魏晋时期的故事记载

国内学者在讨论我国天鹅处女型故事的最早起源时，多数认为它来源于早期的女鸟神话。例如，汪玢玲教授就认为《史记·殷本纪》中记载的“殷契，母曰简狄，有娀氏之女，为帝喾妃。三人行浴，见玄鸟堕其卵，简狄取吞之，因孕生契”是最早的天鹅处女型故事记载，虽然字里行间没有出现男子窃衣娶妻的情节，但是它直接影响了后来天鹅处女型故事的“仙女脱衣沐浴”母题情节，所以多数学者将其视为此类型故事的雏形。

国内比较详细完整记载此类故事情节的是晋朝郭璞撰写的《玄中记》：

姑获鸟夜飞昼藏，盖鬼神类。衣毛为飞鸟，脱毛为女人。一名天帝少女，一名夜行游女，一名钩星，一名隐飞。鸟无子，喜取人子养之，以为子。今时小儿之衣不欲夜露者，为此物爱以血点其衣为志，即取小儿也。故世人名为鬼鸟，荆州为多。昔豫章男子，见田中有六七女人，不知是鸟，匍匐往，先得其毛衣，取藏之，既往就诸鸟。诸鸟各去就毛衣，衣之飞

① 祁连休：《中国古代民间故事类型研究（卷上）》，石家庄，河北教育出版社，2007。

去。一鸟独不得去，男子取以为妇，生三女。其母后使女问父，知衣在积稻下，得之，衣而飞去。后以衣迎三女，三女儿得衣亦飞去。今谓之鬼车。[①]

与郭璞同为晋朝人的干宝在撰写《搜神记》卷十四《毛衣女》时引用了《玄中记》中的相关记载[②]，文字与上述引文文字基本相同，只是省去了前半部分，首句以“豫章新喻县男子”开头，因此国人在探源故事的最早记载时，多认为“中国‘天鹅仙女型’”故事现存的最早文献记录见于晋代干宝《搜神记》卷十四《毛衣女》故事[③]。此则故事还被钟敬文先生认为是该类型故事世界最早、最完整的文献记录，也是最原形的，至少较接近原形的记录[④]。但是钟敬文先生在《中国的天鹅处女型故事》一文中对郭璞的《玄中记》和干宝的《毛衣女》记载作了一个区分，认为《玄中记》只是因为有“衣毛为飞鸟，脱毛为女人”二语而连带记载了，并不是和天鹅处女型故事一道的[⑤]。

不管是《玄中记》还是《毛衣女》，其文字记载都可以构成一个完整的故事，并且故事可以分为三个重要母题：仙女或

---

① 祁连休：《中国古代民间故事类型研究（卷上）》，241 页，石家庄，河北教育出版社，2007。

② 祁连休：《中国古代民间故事类型研究（卷上）》，241 页，石家庄，河北教育出版社，2007。

③ ［韩］李慎成：《中韩民间故事比较研究》，顾希佳译，北京，中国文联出版社，2007。

④ ［韩］李慎成：《中韩民间故事比较研究》，顾希佳译，北京，中国文联出版社，2007。

⑤ 钟敬文：《钟敬文学术论著自选集》，333 页，北京，首都师范大学出版社，1994。

飞鸟脱下衣服或者羽毛变为美女到池中洗澡；男子偷窥女子沐浴，窃走其衣服使该女子与其成婚；婚后女子寻得衣服或羽毛离开男子，重返他界。后来的天鹅处女型故事大都保留了这些母题，并且在此基础上不断创新、变异，使故事得以广泛传播。例如，米星如记载的《孔雀衣》故事，在叙述主人公白秀如何得妻母题时就是袭用"天鹅处女型故事"。主人公（白秀）生性呆呆，屡受同伴们的欺骗。到了七月七日，那些聪明的人们又打算欺哄他了。他们当他走过时，便说当天的半夜里，南天门是会开的。从天山下来许多的仙女，都落在村后的山上。山顶上有一个清水池子，仙女们都要到那里洗澡。又说，天上的仙女每年有一个下来嫁给世上的凡人。若是谁有福分，今天夜里到山顶上去，伏在池子的旁边，定会看见她们，而且说不定可得到一个做自己的妻子。白秀听了他们的怂恿，半夜里果然到山顶的池旁去等候。当好听的音乐把他的睡眠驱走时，见从水池的那边走过了七位仙女，都穿着轻飘明丽的衣服。等她们走过面前，他便把末了一位的裙子拉住，要求她做自己的妻子。仙女终于笑着答应他了①。

北魏地理学家、散文家郦道元穷其一生游历，著有地理名著《水经注》，此书在我国文学史上的地位颇高，《水经注》不仅是一部内容丰富多彩的地理著作，也是一部优美的山水散文汇集，是我国游记文学的开创之作，对后世游记散文的发展影响颇大。为了撰写此书，著者广泛收集材料，仅引文就达470多处，在这诸多的引文中就有一篇属于天鹅处女型故事的异文，

---

① 钟敬文：《钟敬文学术论著自选集》，346页，北京，首都师范大学出版社，1994。

虽然在文中作者表明这段文字引于《玄中记》，但是相较《玄中记》很多地方却有很大变化：

……江之右岸，富水注之，水出阳新县之青湓山，西北流，迳阳县，故豫章之属也。地多女鸟，《玄中记》曰：新阳男子于水次得之，遂与共居，生二女，悉衣羽而去。豫章间养儿，不露其衣，言是鸟落尘于儿衣中，则令儿病，故亦谓之飞夜游女矣。[1]

此处记载是作为“江水”的支配材料出现的，重点在于解释阳新县之水。从这个简略记载中我们可以看出天鹅处女型故事在豫章和阳新县都有流传，只是与《毛衣女》记载已经有出入，新阳男子得妻的地方是在水次，所生子女数目缩为二人。

通过阅读先秦至魏晋时期此类故事的文献记载，我们可以得出早期天鹅处女型故事的原型应该具备以下三个条件：

一、天鹅脱下羽衣变形为女子。

二、男人通过偷拿藏匿洗澡姑娘的羽衣，迫使其与之结婚。

三、婚后他们生育若干子女。仙女找到衣服后带着子女离他而去。

## 唐代的故事记载

唐代经济繁荣，特别是城市经济迅速发展使市民的文化生活丰富，各种民间艺术得以发展。这一时期的天鹅处女型故事呈现出传说化倾向，并且与各种流传于民间的传说故事发生黏

① 祁连休：《中国古代民间故事类型研究（卷上）》，241页，石家庄，河北教育出版社，2007。

合，较魏晋时期的同类故事出现了很大变化，增添了很多枝蔓，对此类故事后来的丰富形态奠定了基础。

尤其是唐传奇远继神话传说和史传文学，近承魏晋南北朝志怪和志人小说，发展成为一种以史传笔法写奇闻逸事的小说体式。敦煌石室中出土的句道兴撰写的《搜神记》保存了一则异文《田昆仑》，情节曲折生动，人物形象鲜活，语言质朴生动，标志着这一故事类型有了新的变化，将这一故事类型的发展推进了一大步。

昔有田昆仑者，其家甚贫，未娶妻室。当家地内，有一水池，极深清妙。至禾熟之时，昆仑向田行，乃见有三个美女洗浴。其昆仑欲就看之，遥见去百步，即变为三个白鹤，两个飞向池边树头而坐，一个在池洗垢中间。遂入谷菱底，匍匐而前，往来看之。其美女者乃是天女，其两个大者抱得天衣乘空而去。小女遂于池内不敢出池。其天女遂吐实情，向昆仑道："天女当共三个姊妹，出来暂于池中游戏，被池主见之。两个阿姊当时收得天衣而去；小女一身邂逅中间，天衣乃被池主收将，不得露形出池。幸愿池主宽恩，还其天衣，用盖形体出池，共池主为夫妻。"

昆仑进退思量，若与此天衣，恐即飞去。昆仑报天女曰："娘子若索天衣者，终不可得矣。若非吾脱衫，与且盖形，得不？"其天女初时不肯出池，口称至暗而去。其女延引，索天衣不得，形势不似，始语昆仑："亦听君脱衫，将来盖我着出池，共君为夫妻。"其昆仑心中喜悦，急卷天衣，即深藏之。遂脱衫与天女，被之出池。语昆仑曰："君畏去时，你急捉我着。还我天衣，共君相随。"昆仑生死不肯与天衣，即共天女相将，归家见母。

母实喜欢，即造设席，聚诸亲情眷属之言，日呼新妇。虽则是天女，在于世情，色欲交合，一种同居。日往月来，遂产一子，形容端正，名曰田章。

其昆仑点着西行，一去不还。其天女自夫之去后，养子三岁，遂启阿婆曰：“新妇身是天女，当来之时，身缘幼小，阿耶与女造天衣，乘空而来。今见天衣不知大小，暂借看之，死将甘美。”其昆仑当行去之日，殷勤属告母言：“此是天女之衣，为深举，勿令新妇见之，必是乘空而去，不可更见。”其母告昆仑曰：“天衣向何处藏之，时得安稳?”昆仑共母作计，其房自外，更无牢处。惟只阿娘床脚下作孔，盛着中央，恒在头上卧之，岂更取得。遂藏讫，昆仑遂即西行。去后天女忆念天衣，肝肠寸断，胡至竟日无欢喜，语阿婆曰：“暂借天衣看看。”频被新妇咬齿，不违其意，即遣新妇且出门外少时，安庠入来。新妇应声即出。其阿婆乃于床脚下取天衣，遂乃视之。其新妇见此天衣，心怀怆切，泪落如雨，拂模形容，即欲乘空而去。为未得方便，却还分付与阿婆藏着。

于后不经旬日，复语阿婆曰：“更借天衣暂看。”阿婆语新妇曰：“你若着天衣弃我飞去?”新妇曰：“先是天女，今与阿婆儿为夫妻，又产一子，岂容离背而去，必无此事。”阿婆恐畏新妇飞去，但令牢守堂门。其天女着衣讫，即腾空从屋窗而出。其老母捶胸懊恼，急走出门看之，乃见腾空而去。姑忆念新妇，声彻黄天，泪如雨下，不自舍死，痛切心肠，终朝不食。

其天女在于阎浮提经五年已上，天上始经两日。其天女得脱到家，被两个阿姊皆骂："老婢！你共他阎浮众生为夫妻！"乃此悲啼泣泪其公母，乃两个阿姊语小女曰："你不须干啼湿哭，我明日共姊妹三人，更去游戏，定见你儿。"

其田章年始五岁，乃于家啼哭，唤歌歌娘娘，乃于野田悲哭不休。其时乃有董仲先生来贤行，知是天女之男，又知天女欲来下界，即语小儿曰："恰日中时，你即向池边看，有妇人着白练裙，三个来，两个举头看你，一个低头佯不看你者，即是母也。"田章即用董仲之言，恰日中时，遂见池内相有三个天女，并白练裙衫，于池边割菜。田章向前看之，其天女等遥见，知是儿来，两个阿姊语小妹曰："你儿来也。"即啼哭唤言："阿娘。"其妹虽然惭耻不看，不奈肠中而出，遂即悲啼泣泪。三个姊妹遂将天衣，共乘此小儿上天而去。

天公见来，知是外孙，遂即心肠怜愍，乃教习学方术伎艺能。至四五日间，小儿到天上，状如下界人间，经十五年已上学问。公语小儿曰："汝将我文书八卷去，汝得一世荣华富贵。傥若入朝，惟须慎语。"小儿旋即下来，天下所有闻者，皆得知之，三才俱晓。

天子知闻，即召为宰相。于后，殿内犯事，遂以配流西荒之地。

于后，官家游猎，在野田之中，射得一鹤，吩咐厨家烹之。厨家破割其鹤嗉中，乃得一小儿，身长三寸二分，带甲头牟，骂辱不休。厨家以事奏上官家，当时即召集诸群臣百寮乃左右问之，并言不识。王又游猎野田之中，复得一板齿，长三寸二分，赍将归回，捣之不碎。又问诸群臣百官，皆言不识。遂即官家出敕，颁宣天下：谁能识此二事，赐金千斤，封邑万户，官职任选。尽无能识者。时诸群臣百官，遂共商议，惟有田章一人识之，馀者并皆不辨。

官家遂发驿马走使，急追田章到来。问曰："比来闻君聪明广识，甚事皆知。今问卿天下有大人不?"田章答曰："有"。"有者谁也?""昔有秦故彦是皇帝之子，当为昔鲁家斗战，被损落一板齿，不知所在。有人得者，验之官家，自知身得。"更款问曰："天下有小人不?"田章答曰："有。""有者是谁也?""昔有李子敖身长三寸二分，带甲头牟，在于野田之中，被鸟鹤吞之，犹在鹤嗉中游戏，非有一人猎得者，验之即知。"官家道好。又问："天下之中有大声不?"田章答曰："有。""有者何也?""雷震七百里，霹雳一百七十里，皆是大声。""天下有小声不?"田章答曰："有。""有者何也?""三人并行，一人耳声鸣，二人不闻，此是小声。"又问："天下之中，有大鸟不?"田章答曰："有。""有者何也?""大鹏一翼起西王母，举翅一万九千里，然始食，此是也。"又问："天下有小鸟不?"曰："有。""有者何是也?""小鸟者无过鷦鷯之鸟，其鸟常在蚊子角上养七子，犹嫌土广人稀。其蚊子亦不知头上有鸟，此是小鸟也。"帝王遂拜田章为仆射。因此以来，帝王及天下人民始知田章是天女之子也。

这个记述和干氏及郭氏的记录比较起来，不仅是描写上繁简的不同而已，内容的演变，情节的增益，处处表现着这故事在当时民间传播上形态的进展[①]。以前的女子，是鸟的变形（衣毛为飞鸟，脱毛为女人），句道兴的记载中，白鹤却反是仙

① 钟敬文：《钟敬文学术论著自选集》，335 页，北京，首都师范大学出版社，1994。

女的化身了。中间如术士的教唆，田章的召对等重要情节，都是出于后来的增益。此外，像干记中没有明言男主人公姓名，句记中却说是田昆仑；干记中的女子六七人，句记中却说是仙女三个；干记中女鸟生三女，句记中却说是一子；干记中女鸟使女问父亲而晓得了藏衣的处所，句记中却说是仙女自己向婆婆问出来的等差异，以及其他干记所没有，而句记细写着的零星情节，更不必细述了。总之，这故事情节的进展，在一千年前已是那样地足令人惊异了①。

此则异文还有两点对后世天鹅处女型故事的变异有重要影响。一是董仲帮助田章认母；二是田章智解难题。据记载董仲是四川一位著名的术士，通晓神界人事，和术士孙膑齐名。董仲和孙膑、鬼谷子一样是我国术士的杰出代表，他们通过祝水、符箓、导引、行气、占卜等手段来沟通天与人，未卜先知。这些术士后来都被纳入到我国本土宗教道教之中，他们在先民心里就是“神仙”，可以上天入地，通晓天时人事。这些神仙人物故事的出现是我国道教兴起乃至逐渐成熟的标志，更是道教术士凭借传说故事宣讲自身宗教教义、向下层民众渗透神仙方术思想的媒介。这种讲述道士预知天界之事的传说在魏晋时期就已广泛流传。例如东晋时期著名术士葛洪的《神仙传》中记载的《黄初平》：

黄初平者，丹溪人也。年十五，家使牧羊。有道士见其良谨，便将至金华山石室中，四十余年不复念家。其兄初起，行山寻索初平，历年不得。后见市中有一道士，初起召问之，

---

① 钟敬文：《钟敬文学术论著自选集》，346～347页，北京，首都师范大学出版社，1994。

曰："吾有弟名初平，因令牧羊，失之四十余年，莫知死生所在，愿道君为占之。"道士曰："金华山中有一牧羊儿，姓黄字初平，是卿弟非疑。"

初起闻之，即随道士去求弟，遂得相见。悲喜语毕，问初平："羊何在？"曰："近在山东耳。"初起往视之，不见，但见白石而还，谓初平曰："山东无羊也。"初平曰："羊在耳，兄但自不见之。"初平与初起俱往看之，初平乃叱曰："羊起！"于是白石皆变为羊，数万头。初起曰："弟独得仙道如此，吾可学乎？"初平曰："唯好道便可得之耳。"初起便弃妻子，留住就初平学，共服松脂、茯苓。至五百岁，能坐在立亡，行于日中无影，而有童子之色。后乃俱还乡里，亲族死终略尽，乃复还去。初平改字为赤松子，初起改字为鲁班。其后服此药得仙者数十人。[1]

故事中田章在董仲指导下，准确地认出自己的生身母亲，神仙术士的形象在传说中的转变也应该引起我们的注意。此则异文中只是提到董仲指引田章认出生母，至于董仲之后的行动却只字不提。这种术士泄露天机的行为在后来的传说中却被不断演绎，有的传说甚至将主要内容放置在术士如何遭到仙女打击，接受报复。例如闽南故事《七星仙女》就说到仙女儿子在鬼谷子的指引下认出自己的亲生母亲，母子快乐地相会之后，仙女让儿子给鬼谷子带去了一个葫芦，"儿子回时，把葫芦掷进先生房中，这一来，把他推算天上事情的书籍都烧光了，从

① 顾希佳：《浙江民间故事史》，122 页，杭州，杭州出版社，2008。

此世上无人更能晓得仙人们的事”[1]。后世传说中神仙术士形象丑化、法术功力减退母题的出现与道士这类神职人员在我国宗教文化中的卑贱地位不无关系，尤其是从明朝后期开始随着经济的发展，社会各层更需要糅杂佛、儒、道的宗教理念，而不是某种纯粹的宗教信仰，因此中国人很难做到对某一个宗教保持虔诚信仰。他们只注意其实用性，不管是佛教的神佛还是道教的仙人，只要能够帮助自己解决现实生活中出现的难题就可以了，见庙就拜，见神就求，怎么实用怎么来。中国人这种实用的思想反映到中国的民间故事里面往往是儒、释、道各路神仙杂糅在一起，只是谁的本事更略胜一筹已经隐藏在文本之后。《七星仙女》、《董永变文》中道教神仙的宝贝被仙女的宝贝或者天火烧掉，有的反映的是道教内部系统神仙的争斗，有的反映的则是道教与其他宗教的斗法了。例如民间传说《唐山老母》[2]：

传说唐山的老母奶奶是泰山老母的二妹妹。原先她要在人间寻找定居之地，游览了全国许多地方，都不中意。最后看到唐山高耸入云，为九峰之首，山间有七十二泉；北傍沂河，南面群山居低，似向主峰朝拜。山势险峻，古木参天，水声潺潺，百鸟争鸣，确为一处风水宝地。被老母奶奶看中，决定在此定居。

唐山这块宝地早已被众神仙看中，争相来定居。张果老倒骑毛驴，日行万里，敲着渔鼓、简板演唱，走遍全国，最后也

---

① 钟敬文：《钟敬文学术论著自选集》，341 页，北京，首都师范大学出版社，1994。

② 陈茜：《沂源民间文学》，69 页，北京，中国文化出版社，2007。

看中了这个地方。为占此山，张果老在山巅处埋下了说渔鼓时敲的一副简板中的一页，作为信物。

老母奶奶听说张果老要占此山，急忙来到山顶，找到张果老埋简板的地方，将她的一只绣鞋埋在了简板之下。

有一年三月十五日，众仙聚集山顶。为占此山，各陈其词，闹闹嚷嚷。张果老胸有成竹地说："我早已占据了此山。"众仙不信："你占据此山，空口无凭，有何证据?"张果老不慌不忙，在山巅处扒出了他早已埋下的一页简板，并让众仙认定。众仙一看，确实与他原有的一页简板为一副，只好信服。

此时，老母奶奶驾云赶到，忙说："要说证据，我埋的信物在张果老之先。"张果老茫然了，问道："信物何在?"老母奶奶在张果老信物的地方继续往下扒，扒出了她的一只绣鞋，并从怀中拿出了另一只，让众仙确认。众仙一看，果然与老母奶奶原有的一只为一双。张果老无可奈何，只好从巾箱中取出毛驴纸片，以水湿之，纸驴立即活了（毛驴不骑时，即变成纸片折叠，放于巾箱中）。张果老骑上毛驴，扫兴地走了。

从此，老母奶奶在此居住，人称她为"唐山老母"。唐山老母在此广行善事，扶弱济贫，保护百姓。使这一带年年风调雨顺，五谷丰登，百姓安居乐业。在过去历史上，唐山周围屡遭战乱、灾荒，唯有此山的庄稼、树木、百姓及其房屋安然无恙。

人们将众仙聚会的三月十五日定为庙会日，延续至今。

田章在神仙外祖父的教导下，"学方术伎艺能"，学成回到人间之后，成为"智者"，专门解决一些疑难问题。荣肇祖先生在《西陲木简中所记的田章》和《田章故事考补》二文中指出句本《搜神记》中的田章故事与《晏子春秋》中所记的晏景公与晏子的问答故事相类似[①]。田章故事中的智解难题与晏子传说有承接关系，有学者指出句本的田昆仑故事是毛衣女故事与晏子故事的复合体。

另外，一个值得注意的地方是现在流传的天鹅处女型故事中很少见到天公接纳天女留在人间的孩子并且帮助他解难题，更多的是天公刁难外孙，外孙只好在自己母亲的帮助下智斗外公，如壮族的《孤儿》、《鸟眼田》及瑶族《五彩带》的续篇《坚美仔斗玉皇》。并且在后来的故事中接受考验的对象也由外孙被天女丈夫代替，天女帮助丈夫接受各种考验，然后重返人间，如汉族的《天牛郎配夫妻》、瑶族的《五彩带》等。

此类故事发展到唐代之后，故事中的主角不再局限于鸟等飞行类动物，而是扩展为陆地、水里几乎所有的动物，陆地上的狗、貂、鹿、老虎、花朵、核桃、蚯蚓，水里的蚌、蚬、鱼、蛙、龟、田螺等只要被出现在民众生活或思想当中的“物”都可以出现在民间文学的讲述中，“物”的选择适应当地的风土人情和特殊的人文景观，各地各民族选择不同的物来填补自己故事中的“物人转变”情节，物虽不同，但物的功能一致，与飞鸟的羽衣无甚差别。例如山东地区由当地的狐狸崇拜而形成相关的狐狸故事。

一个小人，爹爹妈母都死了，他在这家扛活，过年过节也就在这。

这一天清明了，人家有爹爹妈母的年轻人又打秋千又穿新

① 漆凌云：《中国天鹅处女型故事研究》，29页，北京，中国戏剧出版社，2008。

衣裳，欢欢喜喜吃面燕儿、鸡蛋、鸭蛋，分个鹅蛋。他呢？给人家扛活，干一天一天的工钱，不能闲着，上山给东家包地堰。包地堰就屈答拉地，心思：看看人家又吃好饭又玩耍，咱呢？得上山干活儿。想着想着就躺在堰根下。

上面地里有个茔盘。过去的茔盘有树，黑闷罩昏地，森不约地。躺着又瞎心思：我这号人赶不上死了好，没有爹爹妈母，也没有人可怜，哪跟上死了好？心思着，就望着从西过来个东什哄（象）狗样。他爬起来，看这个东什进茔盘啊躺下打个滚儿。打个滚儿仙晃出人来，仙晃成个大闺女，真俊！他心思：你是个什么？还能仙晃人啊？他望着这个大闺女把脱下的那张皮压在碑座下就走了。

茔盘隔疃不很远，疃头上吊个秋千，有些妇女在那打秋千，她也过去了，走到疃头她撅（折）了一支桃花枝含着去了。到那儿就争着打秋千，他在这心思：噢！这个事啊，你不是个真人！他就上茔把个碑座掀掀，把她的皮含着了，放在提篓里掩着。

她在那打秋千，好晌天了，回来了，进茔里掀开碑座看看衣裳没有了，皮没有了！没有了这那么弄？就管那望望，望见这个小人儿，就过来了，说："你含俺的袄给俺的袄。"小人说："没含。"她说："你起（给）俺袄吧，你不起俺袄俺家不去。"说，"我没含。""不该旁人事，就是你！"

她就跟他要，他就不起（给）。晌天往家走，她就腚后跟着要。东家就说："你这个东西，你含人家大闺女的袄揍什么？你不快起人家！叫人家跟着要！"小人也不放声。住歇啊，小人就上井挑水。挑水，她就跟着上井台上要。东家就数落他：

“你这个物件出算坏了，我不要你了，你该上哪就上那儿去吧，你这桩东西，让闺女家里的人来找着了，我担当不起啊！”小人还不放声。

东家不要，撵家去了，她也跟着去了。问：“你起俺不起俺？”说：“我没舍！”说：“你没舍我也不走了。”小人说：“你不走，咱俩就在这过，不走不走吧。”这么样，俩个就在这过了。

第二年啊，生个小士子（男孩）。她就道她外头的说：“你舍俺的袄你起俺吧！那是皮袄年数多就叫虫子咬了啊，孩子都有了，我也走不了啦。”他道：“好啊。”这么就拿给她。这就在那伸量伸量，往身上一披，没有了，走了，不见影了。

小孩的妈母走了，孩子硬昂人！也没法调理，捕（抱）着流瞳头转。

这天，过来个老头儿说：“你在这看孩子，他妈母呢？”他就从根巴梢地说一遍，老头说：“你明天住一天，后天有个双龙山会，她必须上庙去上香，你就捕着去，你咱是（只要）找着了，找她她不能承认。她一堆五个，一样的模样，穿一样的衣裳，你不知哪个是，你咱是看见了，把孩子刹刹实实地就扭他两把，孩子就哭，她必定转一面掉泪儿，你就上去把着她，就说，就是你，孩子他妈母！”他就说：“好啊。”

真累草鸡了。他第二天就捕着孩子上双龙山会。去到那场啊，等到正晌午时来了一个老婆儿，领着五个闺女，他看快走到跟前了，就赶紧地朝孩子脸上扭，把个孩子扭得就张爪乱叫的，其中一个闺女转一面儿出泣出泣就抹眼泪儿。他上前一把扯了：“就是你！”说：“你把孩子扔给我自己不行！你待给我把孩子拉扯大了。”这么说歇，老婆儿过来朝她闺女就是两巴掌：“嫚儿嫚儿，你叫人家那么办吧？你说你做这个祸，我说三四年你没回来！”老婆把闺女话诮一顿，他这就领着媳妇孩子家去过日子了。[①]

## 宋之后的故事记载

唐朝之后，天鹅处女型故事越来越趋向传说化，主角的神性渐退，现实生活化倾向越来越明显。故事情节发展的重心不再是从仙界而来的仙女，故事发展不是围绕“仙女洗浴——被迫留在人间——寻到衣服重返天庭”而展开。世俗生活中的男性取代仙女成为故事发展的主角，故事主要是围绕凡间男子如何偶遇妻子——失去妻子——追找妻子——重新获得（永久失去）妻子而展开，男主角的行为左右着故事情节的繁简曲折。这个时期仙女的思想也发生了很大变化，主要体现在仙女落入凡间结婚生子之后不再是思念仙界，朝思暮想重回天庭，而是愈加留恋人间生活，越来越愿意与凡间男子组建自给自足的小家庭，共享人间天伦生活。例如我国各地牛郎织女传说关于牛郎织女婚后幸福生活的描述：

从此，牛郎在地里耕种，织女在家中纺织。光阴似箭，日月如梭，已过三年，他们生了一男一女两个孩子，男孩叫金哥，女孩叫玉妹。克勤克俭，不怕劳累，相亲相爱，日脚过得很美满。到孩子会说话的时候，晚上指着天上的星星，给孩子

---

① 引自未公开出版物。

讲些天上的故事。天上虽有富丽堂皇的宫殿、楼阁，可是没有人间自由。她不喜欢天宫，她喜欢人间生活。跟牛郎种地，逗着儿女玩。两个孩子依偎在她怀内，叫一声妈妈，回过头来叫声爸爸，织女想想实在开心①。

男耕女织

从民间文学文本体裁的角度而言，这个时期的文本记载形式更加丰富，渠道更加广泛，不同程度地被吸收记录在话本、戏曲、宝卷等诸多文艺体裁中。这些被记录下来的文本还越来越和某一地方发生密切联系，形成地方性，仙女沐浴落凡、与男子结婚生子等越来越成为某地的一件地方事件。它像一颗欲待发芽的种子，一旦遇到合适的地点便落地生根发芽，成为此地民众的地方文化。这个地方的民众也就独立地自我享受着这种专属于自己的地方记忆，这种被附着在明确地点的天鹅处女型故事也就发展成了天鹅处女传说。明末张岱撰《夜航船》卷十七四灵部《飞禽·化鹤》中收入了一则异文：

① 叶涛，韩国祥：《中国牛郎织女传说·俗文学卷》，210页，北京，广西师范大学出版社，2008。

《职方乘》云：南昌洗马池，尝有年少见美女七人，脱彩衣岸侧浴池中。年少戏藏其一，诸女浴毕就衣，化白鹤去。独失衣女留，随至年少家，为夫妻，约以三年还其衣，亦飞去。故又名“浴仙池”。

在这简短的文字当中，指出了仙女下凡洗澡的池子就在南昌，现在这个地方坐落在江西省会城市南昌城里最繁华热闹的地方，属于南昌市的闹市区与商业中心，只是已经不像历史上那么富有文化内涵，似乎只是一条繁华的商业街，人们很难再有闲情去考究此地为什么叫浴仙池。据历史记载它曾有两个名字：洗马池和浴仙池。但是现在民众更为熟悉的是“洗马池”这个名称，据明初胡俨《颐庵集·临清轩记》记载：“豫章洗马池，在子城东南隅，旧传为浴仙池。事不经，儒者不道。郡志载汉颖侯灌婴初定豫章尝饮马于此，故名。此或然也。今在阛阓中，与民居相接，岁久随塞。广不及半亩，而深不至寻丈。有司以为古迹，树木阑以护其三面，而池之北则仲华氏居之。仲华作轩以临池上。昕夕之间，日光泛艳，月华澄莹；清风徐来，游气不侵。帘幕高张，市喧顿息；华玉森列，书声朗朗。于时也，景物与人俱清，仲华欣然有得于心，于是名其轩曰临清。”①

从胡俨的这段文字中，我们可以知道现如今类似于北京王府井大街商贾如云的南昌洗马池在历史上曾是一个市喧顿息的清幽之所。它在历史上曾经历了一次名称替换，“浴仙池”烟消云散，逐渐为人所不知，而“洗马池”一名却渐渐被人唤

① 傅延修：《羽衣仙女与赣文化》。

起。浴仙池之名来自于此地原发的羽衣仙女故事，洗马池则来自于西汉名将灌婴的饮马之为，换言之，浴仙池是当地民众神奇瑰丽想象力的显现，而洗马池则是当地民众对现实事件的历史记忆。浴仙池为想象，洗马池为现实，孰轻孰重，只有漫长的历史实践才会告诉我们结果。中国人自古重实际、轻玄想的人性特点在此又一次得到证明。这种中国人的人格特点与中国先民艰苦的生活环境、依赖农业生产有关。另外，这种结果也符合民间文学的发展规律，包括神话在内的一切文学作品都会不同程度地反映某一时期的社会现实而具有一定的历史性。但是民间传说除了具有这种广义的历史性之外，还由于它往往直接讲述一定的当前事物或历史事物，讲述狭义的某一地或某一历史人物的“真实的历史”，从而具有真实性，使民众更容易接受和信服。

随着人类社会的发展，即使面对同一个池子，神话产生的基础削弱了，而社会生活日趋纷繁和复杂，军事斗争、英雄业绩等重大事件，引起了人们传颂自己历史的要求。在这种情况下，传说逐步兴旺，从而产生了同一事件、人物的神话与传说并存或神话经过历史化向传说转化的现象。叙述中从仙女转化为历史名人，情节也从仙女沐浴转化为将军饮马，讲述中各种现实因素增强，幻想不再占据主要的地位，它和历史的关系更为直接，具有使人信以为真的形态。优美动人的浴仙池故事逐渐被平常真实的洗马池故事代替，也许就是这个原因吧。

这则故事被南昌地方化的原因之二是南昌秋冬季节数量颇丰的白鹤。据说世界上百分之九十五以上的白鹤每年从十月份到次年三月份有五六个月的时间会出现在江西南昌鄱阳湖附近，也就是说南昌人看到白鹤的概率要大大高于其他地方的人。例如有关专家对此作出的描述：

第一次聚会出现在11月下旬。白鹤和众多水禽聚集在大湖池核心区。自16:30开始，其他水禽相继飞离，邻近湖泊的白鹤则飞到大湖池。白鹤自动排列成一字形的单列队伍，头朝西，尾朝东，姿势基本一致，长达数公里，高鸣不止，声传数里。这景象被誉为“白鹤王国”，“中国第二长城”。白鹤列队要维持到太阳下山，约17:30结束。此时众多水禽相继返回大湖池，与白鹤一起夜宿。第二天下午又要重复前一天的情景。共约维持十天。这种聚会是白枕鹤、白头鹤、灰鹤所没有的，且能自动让位于白鹤①。

南昌人对日日所见的白鹤习以为常，所以当他们想象天上的仙女是如何生活的时候可以很自然地联想到飘逸飞动的白鹤。在他们心目中，白鹤就是天女，天女应该和眼前的白鹤一样过着潇洒悠闲的生活。于是把眼前的白鹤想象为天上飞来的仙女是很自然的事，同样江西南昌作为天鹅处女型故事最主要的传承地也就是最正常不过的事情了。

---

① 刘运珍：《白鹤越冬研究报告·鄱阳湖》，合肥，中国科技大学出版社，1997。

# 第二章

# 我国各少数民族流传的天鹅处女型故事

天鹅处女型故事作为一个世界性的民间故事，在世界上许多国家、地区广泛流传着。美国著名故事学家斯蒂·汤普森在《世界民间故事分类学》中曾说：“作为一类口头故事，它是全球性的，均匀而又深入地遍布欧亚两洲；几乎在非洲每一地区都能找到许多文本；在大洋洲每一角落以及在北美印第安族各文化区都实际存在；还有许多文本散见于牙买加、卡尤坦（墨西哥）和圭亚那的印第安人中。”我国作为拥有民间文学文献的大国，此类故事的资料亦非常丰富，这些资料不仅存在于汉族地区，少数民族聚居的地区尤其保存着数量更多、异文更丰富、形态更多样的天鹅处女型故事。瑶族的《五彩带》、壮族的《勇敢的阿刀》、黎族的《天仙下凡》和《阿德哥和七仙女》、苗族的《庄稼哥找仙女妈妈》和《七仙女的故事》、傣族的《召树屯和兰吾罗娜》、佤族的《好心的牛哥哥》、毛南族的《朗追和朗锤》、藏族的《曲吉郎桑》、侗族的《郎都和七妹》、朝鲜族的《天牛郎配夫妻》和《牧童和仙女》、鄂伦春族的《攸来》、锡伯族的《放牛娃和仙女》、回族的《天鹅与猎人》都是流传于我国各少数民族的宝贵资料。在前面一章里我们认识了保存在汉族民众中间的天鹅处女型故事，在本章里让我们一起领略形态各异的少数民族传说故事吧。

## 藏族的故事记载

生活在雪域高原的藏族民众，由于受自然环境的限制，受宗教文化的浸染，自古就创作并保存了异常宝贵的民间故事。藏族人民口头的民间故事像淙淙流水一样，流也流不尽。藏族民间故事不仅数量多，而且由于生态环境差异较大致使藏族民众流传的故事形态也异常丰富。天鹅处女型故事在藏族主要有《诺桑王子》、《金波聂吉故事》和《普兰飞天故事》等。

藏族民众生活中共同存在着《诺桑王子》类型的民间故事和藏戏《诺桑王子》。藏戏本是一种以说唱形式流传的文学底本，其实质是一种以木刻和手抄本存在的话本小说。《诺桑王子》的藏戏本是定钦地方的才仁旺堆根据《菩萨本生如意藤》中的第六十四篇《诺桑本生》改编的。此篇是由12世纪中叶印度诗人格卫旺布所写，这篇故事在13世纪由雄顿·多吉坚赞翻译成藏文。

但是早在藏戏《诺桑王子》形成之前，在藏族民众中间应该就有类似于《诺桑王子》类型的故事存在。《紧那罗女和诺桑》就是较《诺桑王子》更早传入并流传在藏族人民口头上的一则故事，这则故事和藏戏《诺桑王子》故事内容完全相同[①]。民间故事《诺桑王子》就是在《紧那罗女和诺桑》的基

---

① 郑筱筠：《藏族〈诺桑王子〉故事的印度渊源考》，125页，思想战线，2003（5）。

础上，以佛经故事为原型，逐步民间化、本土化、民族化的，随后形成存活于民间的各种版本，并最终又在民间口头文学和手抄本形式流传的《诺桑王子》故事基础上演唱，从而形成著名的藏戏《诺桑王子》。其故事梗概如下：

从前，有一个额丹巴国，国王叫诺钦，王子叫诺桑。这个国家政治清明，百姓安居乐业，邻国的百姓也都愿意到他们国家里来居住。邻国柔丹巴的国王叫夏巴旬努。他认为额丹巴国之所以政通人和，风调雨顺，自己国家的百姓甘愿背井离乡去额丹巴国安居，是因为这国内一个湖里的神龙所致，如果捉住这条神龙，把它放到自己国家的湖里，自己的国家才能拨乱反正，国泰民安。于是他便派一个巫师到湖边去捉神龙。当时，湖边有一个勇敢的猎人名叫帮烈增巴，他用箭射死巫师，救了神龙。神龙感激他，送给他如意宝。而他为了捕捉仙女，就要了不空羂索。在仙人指点下，猎人用不空羂索捆住了来湖里沐浴的仙女意抄拉姆。仙女认为猎人下贱，不肯同他结婚。经过再三权衡，猎人就把意抄拉姆送给王子诺桑。王子和意抄拉姆情投意合，男恩女爱，结了婚，过得十分快乐。其他王妃心生嫉妒，请求婆罗门国师作法，叫王子远征。王子出征后，五百妃子肆无忌惮，为所欲为，唆使国王杀害意抄拉姆。在百般无奈之际，意抄拉姆飞回天宫，王子诺桑凯旋归来后，不见意抄拉姆，遂抛弃王位出走，历尽千辛万苦，终于来到意抄拉姆居住的郡巴天国，见到了心爱的人。意抄拉姆的父王，不准他与意抄拉姆再度团圆，设计障碍，百般刁难。王子在帝释天的暗中帮助下，依靠自己的智慧和神力，以超群武艺折服了郡巴天王，领着意抄拉姆重新回到人间，过起美满幸福的生活。

鸳鸯戏水

**《金波聂吉故事》**

敦煌千佛洞藏书室里发现的藏文写作的两则《金波聂吉故事》被收藏在英国人托玛斯编译的《东北藏古代民间文学》一书中，托玛斯认为这两则故事产生的年代不晚于9世纪或10世纪，它们和《田章》属同一类型，内容大同小异，都是对《毛衣女》故事的进一步发展[①]。第一则《父亲殿干涅巴的葬礼和金波聂吉新娘的故事》分为三个部分，第一部分讲述金波几兄弟商讨如何安葬父亲。第二部分讲述东德年祖一家五口过得很幸福，后来东德年组放羊时被黑妖古焦生吃了，接着黑妖又吃了大女儿，贞吉巴新放羊时，草地驴告诉说她的父亲和姐姐都被黑妖吃了。贞吉巴新听后赶紧逃回家，把消息告诉了母亲。母亲于是把她送到普底尔巴草地，改名“花翅膀孔雀”。后来，天上飞来两只鸟把她带走。第三部分讲述金波聂吉用绳索抓住了一只鸟，捆紧放进右袖中，到家后放到苇堆里。第二天，金波聂吉捡完柴火回来，发现屋里摆好了一桌热气腾腾的

① 刘守华：《羽衣仙女型故事的中国原型和世界意义》，9页，湖北民族学院学报（社会科学版），1997（2）。

饭菜。金波聂吉很纳闷，于是假装去捡柴火，藏在粪堆后看究竟是怎么回事。他看见从苇堆里出来一只花尾巴孔雀（贞吉巴新）化成美女做饭菜。金波聂吉就娶她为妻，一起幸福地生活。第二则《金波聂吉新娘的故事》讲的是一个穷小伙子捕获孔雀女成婚的故事。妖怪戈牙戈普吃掉白格白喜的六个姐姐和父母，还想吃掉放羊的白格白喜，这时一头山驴告诉她把响铃和高帽给它，它扮成她来放羊，要她变成孔雀逃走。白格白喜变成孔雀飞走了。金波聂吉和同父异母的六兄弟雪后去扣鸟，金波聂吉用网子扣住一只孔雀，回家后把孔雀放在粪堆后，晚上梦见一个漂亮姑娘在他们外出时做好饭菜，于是就躲在粪堆后面，看见一个漂亮姑娘向他点头，他一下抓住她，收起她的孔雀皮，娶她为妻①。

有一次，下了九扎厚的雪，右手房（大老婆）的二兄弟拿着丝线网子去扣鸟。金波聂吉拿着山羊毛网子去扣鸟。当六兄弟走来走去抓鸟的时候，金波聂吉的网子扣住了一只孔雀。他把小孔雀从山羊毛网子中抓出来，拴在丝线网上就回去了。金波聂吉说："到网笼里去吧。"这个鸟就走进网笼里去了。后来孔雀从丝网里出来又挂到山羊毛网上。金波聂吉听到有声音说："拿石头打它。"他用石头打了，但没有打中，"再打三石头！"他又打了也没打中，"打十下，一百下。"他打过了仍没打中。白天孔雀待在粪堆后，晚上就不见了。

在睡觉的时候他做了个梦，梦见一个年轻漂亮的姑娘向他点点头就不见了。母亲格沙牙莫尊出去采药，儿子出去放山

---

① 漆凌云：《中国天鹅处女型故事研究》，33 页，北京，中国戏剧出版社，2008。

羊，等他们回来时，饭菜都……“嗬，这真是不可思议！难道竟是真的吗?”金波聂吉想到这里，于是就藏到粪堆后面去，他手里操着青稞，孔雀过来捡青稞衣子，他一下子把她抓住……紧忙收起她的孔雀皮，娶她做了妻子……于是她成了他的伴侣……①

**《普兰飞天故事》**

1964年8月21日李佳俊在西藏阿里地区人烟稀少的玛法木措湖畔的帐篷里听到了一则故事，这就是后来引起学界同仁高度重视的《普兰飞天故事》，故事的主要情节是：

很久很久以前，有两个相邻的小国，一个叫普兰，一个叫尼泊尔。两个国家各有一个海子，海子里有许多珍禽异兽。尼泊尔国王喜欢在海子里钓鱼，钓呀钓呀，发现海里的鱼儿越来越少，海水也一天天枯竭下来。他叫一个婆罗门查明原因，方知道海子里的水神跑到北方普兰国的玛法木措湖去了。于是婆罗门带着随从去玛法木措湖兴师问罪。水神拒不接见。婆罗门向湖心扔去一把随身携带的具有奇异魔力的小草，湖水顿时沸腾起来。珍禽异兽都跑了，水神被迫浮出了水面。

这时正好有一个牧童在湖边牧羊，对婆罗门的行为十分不满。他拔起湖边一束息水的野草扔进湖里，湖水又变得平静如常。水神得救了。为了感谢牧童的救命之恩，把他请进水晶宫做客，牧童求水神给他找一个美丽、勤劳的妻子。水神就给了他一根捆仙绳，叫他自个儿到朗姆拉妮山下的天湖上去挑选。

牧童来到天湖畔的树荫下等候了许久。黄昏时候，果然来

---

① 刘守华：《羽衣仙女型故事的中国原型和世界意义》，9页，湖北民族学院学报（社会科学版），1997（2）。

了七位俏丽无比的仙女，跳进湖里嬉戏沐浴。牧童把捆仙绳朝向就近的一位仙女甩去，其他六个仙女是她的妹妹，听到声音都飞上天去了。只有姐姐被迫留了下来，她的名字叫玉卓。牧童怕玉卓飞走，始终不肯松掉捆仙绳。玉卓行动不便，就告诉他说“你取下我脖子上的珍珠项链，我就飞不走了。”牧童取下项链，要求与她成亲，玉卓死也不肯答应。牧童也自感身贱位微，不配做仙女的丈夫，就把玉卓和项链一起献给了普兰国王诺桑。诺桑异常高兴，赏赐给牧童一个老婆和许多财物。

诺桑和玉卓结婚后，情投意合，一刻也不肯分离，渐渐把他的二千五百个嫔妃都忘记了。这些妃子恨死了玉卓，决心要把她撵走。她们贿赂赤德山洞里的一个巫师，求他帮忙。巫师投梦给诺桑，说昆沙（在普兰西北面）国敌人前来侵犯，已经到了巴式（在玛法木措湖周围）草原。诺桑醒后，闷闷不乐，找来巫师说梦。巫师回答说“除了你亲自率兵征战，没有任何可以击退敌人的办法。”

诺桑率兵北去以后，玉卓知道妃子们心怀叵测，成天待在高高的王宫里。妃子们无计可施，就散布谣言说“国家之所以遭到北方敌人的侵扰，全是因为国王讨来一个来历不明的女人。”成千上万无知的百姓也十分愤慨，在巫师的怂恿下，他们把王宫包围起来，扬言要杀死她。玉卓无法为自己辩解，只好重新挂上那串诺桑珍藏起来的珍珠项链，从王宫阳台飞上了蓝天。由于她取项链时过于匆忙，把两颗珠子遗落在箱子里了。百姓们见玉卓飞上了天，方知她是仙女，懊悔莫及。于是把玉卓住的宫殿改名为“布朗”，就是“飞天”的意思。这个名字一直袭用到今天。

诺桑征战回来，不见了心爱的妻子，变得烦躁不安。听大臣和百姓们讲起事情的经过，他就把心肠歹毒的妃子杀了一半，然后带着玉卓的两颗项链珠子去寻找爱妻。他走遍千山万水，踏过许多急流荒滩，都打听不到玉卓的下落。牧童见国王愁眉紧锁，就建议国王到天湖边去试试看。国王来到天湖旁边，他等呀等呀，好不容易才看到两位来背水的少女。诺桑立即迎上前去问道“可爱的小妹妹，你们背水干什么呀”少女回答说“我姐姐才从人间回来，我们背水给她洗澡，好冲去一身的俗气。”“请问你姐姐叫什么名字”“玉卓。”诺桑喜形于色，央求两个少女带他去见玉卓，遭到少女拒绝。王子就悄悄地把两颗项链珠子丢进了少女的桶里。

玉卓沐浴时，发现有两颗珠子滚了出来，正是她项链上掉下来的那两颗。她向两个小妹妹询问背水时发生了什么事。小妹妹如实回答在湖边遇到一个年轻人的经过。玉卓知道是诺桑寻找她来了，也顾不得父王的命令，立即奔下山去与诺桑见面。

诺桑和玉卓在仙宫住了一些日子，然后双双回到普兰，夫妻更加恩爱。国泰民安乐，真是幸福无比①。

《普兰飞天故事》为“天鹅处女型故事”本土说提供了极为重要的证据。《普兰飞天故事》诞生在西藏阿里地区，与那里的山水、环境、历史浑然天成，并且在6世纪左右，印度知识分子、宗教信徒和游客因为恋慕阿里地区优美的自然景色纷纷来到这里，他们在这里不仅欣赏流连美景，更把普兰人民创

① 李佳俊：《孔雀公主型民间故事的起源和发展》，44～45页，思想战线，1985（2）。

作的优美故事传说带回印度，《普兰飞天故事》就是在这种情况下进入印度并且发扬光大的。

## 傣族的故事记载

天鹅处女型故事在我国西南边疆西双版纳傣族人民中演变成传唱经久不衰的“孔雀公主”故事。这则故事有很多异文，也有很多传承手段，既有口传故事《猎人与孔雀》、《召树屯和兰吾罗娜》，也有唱词抄本，并且在多次调查收集整理的基础上还出版了民间叙事长诗《召树屯》，还被改编为傣族舞剧《孔雀公主》。孔雀公主故事在德宏、保山、临沧傣族人中又叫做《婻悦罕》和《朗退罕》。

《召树屯》自从被收集发表以来，一直是学者研究关注的焦点，发表了很多有分量的论文，这些文章论证的焦点都集中在追溯找寻《召树屯》的原型，因为弄清楚这则故事到底是中国的本土产品，还是印度的舶来品是比较故事学研究中久已存在的“外来说”与“自生说”之争在一个具体作品中的体现①。刘守华教授将这则复杂繁复的故事分化成若干单元，清理出孔雀公主故事的“家谱”，认为孔雀公主故事原型出自中国，该故事经丝绸之路传入南亚，然后定型于印度，最后又回返到中国境内，演变成《召树屯》、《诺桑王子》、《格拉斯青》等作品。《召树屯和兰吾罗娜》就是这样一则优美的傣族故事：

距今三四百年以前，版纳勐海地方，由一位憨直缺少主见

① 刘守华：《纵横交错的文化交流网络中的〈召树屯〉》，44页，民间文学研究，1990（1）。

的召勐海管理着，就是没有儿子，夫妻二人常常为这件事发愁，指望有一个儿子承袭家业。

在一个初春的早晨，他们有了一个白白胖胖的儿子，夫妻俩非常疼爱。盖厚些，怕他热了，盖薄些，怕他受凉。眼看着儿子一天天长大，他俩给他取了个名字，叫召树屯，送他到孟萨瓦丁萨地方锻炼本领。召树屯聪明强悍，不但写一手好傣文，而且特别熟练弓箭——能射中天边的飞鸟、狂奔的野兽。他的两只眼睛如同嵌珐琅的银盒子里的金珠似的炯炯发光，他的面貌比美貌的天仙爹把面庞还要秀丽。说起话来，就像摇响的银铃儿似的清脆悦耳。女孩子们看见了他，张着的嘴闭不下去，睁大的眼睛眨不下来。召勐海越来越关心儿子的婚事，三番两次地劝他和体面人家的女儿成亲，都被召树屯婉言回绝了。召树屯有自己的理想，他希望能够和一位既聪明又美丽的女郎结为永久的伴侣。

有一天，他带上弓箭和佩刀，骑上一匹像麻麻尼戛样的骏马，踏上宽阔葱绿的沃野，翻过一座座山冈，穿过茂密的森林，去寻访他心爱的人儿。途中他遇到一位忠实的猎人，二人交上了朋友。他把自己的心事对猎人说了：

“启明星远在天边，可是望的清清楚楚；美丽颖慧的姑娘生在民间，我怎么找不着看不见呢?”

猎人笑嘻嘻地答道：“爱情和忠贞诚挚的人永远是知交，坚持住纯洁无瑕的愿望，深藏着的泉水也会涌出地面来的。”召树屯点了点头。猎人继续说道：“离这儿不远，有一个朗丝娜湖，碧蓝的湖水清澈如镜，每隔七天，便有七位美丽非凡的孔雀姑娘来游泳，她们像七束鲜艳透明的花朵。特别是年纪最轻的七姑娘，她会使你亲切地体会到什么是美女南点阿娜的花容月貌，什么叫做智慧和伶俐。”

召树屯喜出望外，便和猎人催动马儿，来到朗丝娜湖边躲藏起来。

中午的气候，很是温和。随着阵阵微风，送来了诱人的馨香。天空中闪耀着五彩斑斓的光泽，映照着一湖涟漪，分外美丽。就在这个时候，从远方飞来了七只孔雀，轻盈地歇落在朗丝娜湖边，卸下了孔雀氅，变成了七个美丽的姑娘，嘻嘻笑笑地跳进湖去凫水玩。躲在一旁的召树屯和猎人简直看出了神。不一会儿，孔雀姑娘们上了岸，披上了孔雀氅，在湖滨跳起了柔美的舞蹈，袅袅娜娜，好看得很。尤其是七妹妹兰吾罗娜的舞姿格外优美。召树屯特别爱她，恨不能跑过去仔细看她几眼。一刹那间，姑娘们又变成七只孔雀，凌空而起，向西飞去。

召树屯对着天边逝去的七个小黑点，失望和懊丧的情绪塞满了心胸。猎人明白了自己朋友的心境，劝慰道：

“再过七天，她们又会回来的。那时候，你爱上谁，就把谁的孔雀氅藏起来，留下她谈心就是了。”

召树屯这才稍稍平静下来，不得不耐心地看着好似故意延挺时刻的太阳和月亮，缓慢地替换着照明大地的职务。不过，这一天终于来到了。太阳挂在当空，召树屯和猎人都清楚地看见天边闪现了七颗钻石般晶莹的圆点，迎面飞翔过来，渐渐露出七只孔雀的身形，落在朗丝娜湖边，依旧变成七个少女去游泳。召树屯目不转睛地看准了兰吾罗娜悬挂孔雀氅的一丛花枝，当姑娘们自由自在地游泳的时候，他便悄悄地把兰吾罗娜的衣服偷藏起来。

姑娘们洗完了澡，不见了七妹妹的孔雀氅，都非常焦急。兰吾罗娜差点儿哭起来了。姐姐们劝她说：“我们背着你飞回去吧！”这一句话可把召树屯吓坏了，情不自禁地喊道：“别走！”他还想说：“孔雀氅在这儿！”却被猎人捂住了嘴。然而孔雀姑娘们听见陌生人喊叫的声音，慌忙纵身飞走了。兰吾罗娜失去孔雀氅的帮助，无法飞翔，只好把身体藏在花丛中，过了许久，不见动静，便走出来，整理整理紧身的衣裙，东边找找，西边找找，但孔雀氅的影儿一点也没有。突然树枝上响起了嘻嘻嘻的笑声，原来是一只俏皮的松鼠哩！她问道：

“松鼠松鼠，你看见我的孔雀氅了吗？”松鼠又嘻嘻嘻地笑了。

“看人家急成这样，你还笑呢！我看你准是知道了，快告诉我吧！”兰吾罗娜着急地说。

松鼠抖动着胡子，用尾巴指了指召树屯躲藏的地方，便连蹦带跳地走了。兰吾罗娜向前走着，暗自寻思：“能有谁到这儿来呢？”一只鸢鹰由天空飞过，又想：“莫非是它啄去了吗？”正在这个时候，召树屯暗中拉弓搭箭，“嗖”的一声，把鸢鹰射落在兰吾罗娜的脚边。兰吾罗娜慌忙拾起心窝上中了一箭的鸢鹰，又惊又喜，她四处张望射这支箭的是什么人。不料有人在后面喊了一声：

“姑娘，射中了么？”

兰吾罗娜扭过头来，已经来不及回避了，呆呆地看着走拢来的召树屯。过了许久，她才轻轻地答道：

“正正射在心上。”这声音像棉桃吐絮般柔和。

他们俩的眼睛互相凝视着。

“请问这位年轻的哥哥，有没有看见我的孔雀氅？”

“你这位姑娘不在家里，怎么到这荒郊野外来找孔雀氅呢？”

“我和六位姐姐来朗丝娜湖游泳，挂在树上的孔雀氅却不见了。”

“附近又没有村庄，姑娘长得如花似玉，一定是天仙南点阿娜下凡来了。”

“我是勐庄哈魔王匹丫的第七个女儿兰吾罗娜。哥哥必定是美男子天仙叭荫，要不就是美貌的海王叭纳；人世间绝没有生得这样漂亮的美少年。”

“不，我是召勐海的儿子召树屯。在千里之外闻见小姐这儿鲜花的芳香特意跑来的，但愿这朵鲜花还未被人采去。”

“看这位哥哥多么会说话呀！难道是嘴尖舌巧，传递情话的鹦哥飞到我的面前了吗？这儿哪有一千瓣莲花——南波欢版嘎，或是香闻数百里外的南金欢版嘎那样的人品和花儿呢？这里的花儿呀，打骨朵的时候低着头，开花的时候生怕人看见笑话，从来没有人到花树脚来浇浇水，抚摸抚摸，哪里会被人摘去？”

“一颗宝石，应该让巧匠加工琢磨，才会灿烂夺目；小姐的手指上，为什么还不戴上心上人的戒指呢？”

“荒野里的一块石头，谁愿意把它当做宝石；嵌宝石的金戒指，谁愿意往荒野里丢！”

“我装了一盒饭，只吃了半盒；我铺了一只垫褥，只睡了半边。天上的流星，为什么那样孤单，竟没有人和他做伴！”

“可惜太阳升起的时候，月亮已经落下；两个世界的人，不便相处。不然，顾不得丑陋愚蠢，我愿替孤单的人洗碗洗筷，喂鸡喂猪。”

“白酒里撒上了辣椒，既是甜心甜意，就千万别辣伤了别人的心肠吧！”召树屯见兰吾罗娜已经动了心，便大胆地说道：“我走过千山万水，在这里等了你七天七夜，亲爱的兰吾罗娜，应允我真挚地请求：和我一道回去，永辈子在一块生活。”

兰吾罗娜早被召树屯的爱情所感动，早愿以身相许了，于是说道：“水流出去是容易的，但是淌回来却很难了。一道生活自然乐意，就怕你父母亲不喜欢，头人百姓不喜欢，叫我抬起饭碗吃不下去，早早晚晚眼泪不干。”

“绝不会的，我父母亲疼我爱我，我爱上的人他们也会当做自己的心肝。何况你生成南点阿娜，你的光辉将照遍版纳勐海，头人、百姓一定欢迎你做我的南点迁。”

“让我父亲匹丫知道了，他会不高兴的。”

“住在我们家里，还怕什么？把这个戴上吧！”召树屯取下一只镶宝石的金戒指，亲手戴在兰吾罗娜的小手指上，作为订婚的礼物。

兰吾罗娜取出一颗宝石教玛哈玲，递给召树屯道：“可以从这颗宝石里面看见你想念的人儿。”

召树屯和兰吾罗娜订婚了，朗丝娜湖上开出了一朵并蒂莲花。

他俩骑上高大的骏马。猎人见朋友的愿望已经达成，便出来祝贺他们。召树屯深深谢过猎人，伴着兰吾罗娜回家去了。

召勐海虽说不喜欢一个来历不明的姑娘做自己的儿媳，但是拗不过召树屯的执意请求，只好勉强地同意他俩结了婚。小两口的日子过得挺好。

可是不久以后，别个地方的头人带了兵马来攻打召勐海了。人们都很恐慌，英雄的召树屯和兰吾罗娜商量了一个通宵，决定向父亲讨一支军队去阻击劲敌。

召勐海天天打听战报，天天都传来召树屯败阵退却的噩耗，眼看着战火快要延烧到自己所在的城子了，心中忧虑重重，便请星象家阿章龙斩神问卦。阿章龙根本不明白召树屯夫妇用的计谋，竟然萌生了杀害孔雀姑娘的恶念，对召勐海说道："兰吾罗娜是妖怪变的，她带来了灾难和不幸，若不把她杀掉，版纳勐海必定要吃败仗！"召勐海听了阿章龙的话，心里踌躇不定："要是把儿媳杀了，让儿子知道了可怎么办呢？要是留下儿媳妇，吃了败仗又怎么办呢？"他想来想去，在坏心头人的怂恿下，勉强决定谋杀孔雀姑娘。

被冤屈的兰吾罗娜来到了刑场，平常穿着的锦衣绣裙都被阿章龙焚毁"驱邪"了。她暗自伤心流泪，不愿意就此和召树屯永远分离，便想出了一个巧妙的主意，对召勐海说道："在我和你们分别之前，请容许我披上孔雀氅跳一次舞吧！"

召勐海怜悯她，因而满足她这一点点最后的愿望，便把五光十色、绚丽灿烂的孔雀氅给兰吾罗娜披了，松了缚她的绳索，让她跳起孔雀舞来。谁知道孔雀舞具有这么强烈的感染人心的力量啊！那翩翩柔和的舞姿，那含情脉脉的眼神，充满了和平善良的精神，感动得持刀的刽子手们松掉了屠刀，那些残忍愚昧的心灵，仿佛被圣洁的泉水洗涤过一次似的。人们都忘记了置身在刑场上，而兰吾罗娜已渐渐化为孔雀，徐徐凌空而去，无影无踪。当召勐海想起阿章龙的话来时，刑场上已空无一人了。

战争进入了决定性阶段，果没逃出召树屯和兰吾罗娜的计谋：侵犯的敌人在葫芦山谷被围得水泄不通，召树屯的队伍一鼓作气地把敌人消灭干净了。召树屯胜利归来，召勐海大设宴席替儿子贺功。歌手赞哈勐代表人民欢跃的心情歌唱道：

**椰子果汁香香甜甜，**

**靠坚实的外壳保住；**

**勐海人民安居乐业，**

**靠英雄的召树屯保护。**

召树屯笑着向众人说道："这是兰吾罗娜的功劳，全靠她的好计谋，把敌人诱到葫芦山谷里全部消灭掉。还是请兰吾罗娜出来接受大家的祝贺吧！"

他这一说不打紧，召勐海和阿章龙等人却万分羞愧，深恨不该逼走兰吾罗娜，错把好人当坏人。士兵们和百姓们不约而同地泪下如雨，追念兰吾罗娜。召树屯见大家适才间欢天喜地，一提起兰吾罗娜的名字，立即悲痛沉寂。"她……"他不愿猜测将会有什么不幸的事情发生。而召勐海却怀着悔悟伤感的心情，结结巴巴地把逼走儿媳妇的前因后果对召树屯坦白说了。这好比大晴天响起了霹雳，熊熊的火焰一下子被水浇熄，召树屯昏倒了。他苏醒过来时口口声声念着兰吾罗娜的名字，掏出订婚时妻子赠送的宝石教玛哈玲，第一眼就看见兰吾罗娜备受他父亲魔王匹丫的责骂，心里一阵刺痛，又昏倒过去了。完全苏醒以后，他怀着愤怒和重新获得希望的心情，跨上战马，向着朗丝娜湖的方向，飞马加鞭，日夜不停地去寻找兰吾罗娜。

那一天，孔雀姑娘忧忧伤伤地离开了召树屯的家，想起了分别已久的六位姐姐，不自觉地向着自己的家乡勐庄哈飞去，心里无论如何也舍不得召树屯。经过朗丝娜湖的上空，她遇见一位仙人帕腊西，便把自己的金手镯取下来，托付帕腊西交给前来找她的召树屯："见物犹见人，物在人犹在。"兰吾罗娜说："前去穷山恶水，万分危险，请告诉他不必再去找我。"说罢，便啜泣着飞回勐庄哈去了。

召树屯骑乘的马蹄几乎悬在空中，飞也似的向前驰骋，越过沃野、山冈和森林。战马精疲力竭，困乏死了，召树屯只好一步步行走；渴了，捧些泉水解渴；饿了，捕捉野兽充饥；十分困倦的时候，靠在树脚下休息一会儿。一天天过去，他终于来到了朗丝娜湖边。他想起会见孔雀姑娘的情景，不觉哭了起来。这哭声惊动了仙人帕腊西，他便走出来把金手镯交给召树屯，劝召树屯返回家去。召树屯看见妻子兰吾罗娜的手镯，越发伤心，放声大哭，说什么也要去找孔雀姑娘。帕拉西好意劝他道：

"由这里到你妻子住的勐庄哈地方，要走很远很远，很难识别通行的路程；要经过无法涉渡的流沙与江河，要碰到忽开忽闭、能把人夹死的山峡；还有吃人的怪鸟摩哈西里林拦住去路；即使顺利地到了勐庄哈地方，兰吾罗娜的父亲匹丫也不会饶恕你的——那是一个食人成性的魔王。我劝你还是转回家去吧！"

然而，召树屯已经许下了誓愿：若不能和妻子重逢，永不回头；纵然死了，也是心甘情愿的。帕拉西被召树屯对兰吾罗娜忠贞不贰的爱情所感动，便不再劝阻召树屯，还送了一只猴子替召树屯带路，送了一把刀、一副弓箭和一把剪子——几件宝贝给召树屯，帮助他克服将遇到的困难。召树屯也欣喜若狂，辞别了帕拉西，由猴子引领着，继续踏上了漫长的艰辛的旅途。

一天，来到了汹涌澎湃的流沙河边，上无渡口下无桥，既不能涉水，又不能插翅飞过，更不能半途而废地转回去。召树屯焦急地想尽各种办法，都不能抑制住倾泻的流沙。他下意识地拔出帕拉西赠送的宝刀，愤怒地向流沙砍去，不料用力过猛，宝刀失手掉下河里去了。一忽儿，在流沙河里浮游出一条巨大的彩虹般的蟒蛇来，它的脊背凸露在流沙面上，头在岸那边，尾在岸这边，好似一座浮桥。那只敏慧的猴子立刻引着召树屯由蟒蛇脊梁上飞跑过彼岸去。然后，蟒蛇便自个儿游走了。

召树屯走呀走的，又来到了高耸入云的山峡前面。这山峡很是险恶，忽而合拢，忽而分开，永不停息，人要是想过去，就得待它分开的一刹那间，但在山峡里走不上几步，山峡又迅速合拢来把人夹死。召树屯摇了摇头，悲哀地叹道："难道就这样被拦在山这边，再也见不到兰吾罗娜了吗？不！"他鼓励自己道："一定要设法过去！"然而，他采取的种种办法都没有效果，可恶可怕的山峡依旧拦在前进的道路上。最后，召树屯取下了仙人帕拉西送给的弓箭，对着刚刚分开的山峡，拉满了弓，嗖的一箭射过去，巧得很，这支箭把企图合拢的山峡挡住了。召树屯立即牵着猴子飞快地跑过山峡。

又走了许多天，经过一座遮天蔽日的原始森林，这是吃人的怪鸟摩哈西里林的巢穴，阴冷凄凉，十分恐怖。召树屯感到疲倦，便把猴子拴在一株大树干上，自个儿爬上树去歇息。他刚刚朦胧欲睡，忽地刮起了一阵狂风，原来是摩哈西里林和它的雌鸟回巢来了——这巢就在召树屯歇息的那株树顶上。雄鸟会掐算东方未来的事情，雌鸟会掐算西方未来的事情。但听见雌鸟讥笑雄鸟道：

“你算得好准呀！等这么多天了，哪见召树屯的影儿！兰吾罗娜已经被匹丫关起来了，召树屯还到哪儿去找她呢？”

“你这傻瓜！”雄鸟叫道。“正因为这样，召树屯才要去救她呢。据我看：召树屯已通过了流沙和山峡，今天晚上就要过这里了，我们等着吃顿好点心吧！唔！我好像嗅着一股生人味似的！”

“唔！我也似乎嗅到了”，雌鸟说，“下地面去看看吧。”

它俩飞到地上，蹑脚蹑手地伸长脖子东嗅嗅，西嗅嗅，这可把召树屯吓住了，他握住带在身上唯一的“武器”——仙人送给的剪刀，警惕着准备和怪鸟搏斗。可是，怪鸟发现替召树屯引路的猴子，争着把它啄食之后，便糊糊涂涂地飞回窝里去了。雌鸟还讥笑摩哈西里林说：

“这就是你掐算的‘由东方来的人’吗？还是早些睡吧！明天勐庄哈地方，匹丫要杀很多很多牛呀马的，我们去赶赶热闹吧！”

说罢，怪鸟便酣然入睡了，召树屯才稍微松了一口气。他替兰吾罗娜的不幸而担忧，急欲和兰吾罗娜相会，把她从苦难中拯救出来。他想到明天一早怪鸟便要飞到自己妻子所居住的勐庄哈地方去，这对自己来说真是一个又危险又难得的机会，特别是在失去了带路的猴子的时候。为了兰吾罗娜，他鼓足了勇气，握紧了剪子，趁着怪鸟鼾声如雷，轻捷而沉着地爬到怪鸟的窝里去，藏着自己的身子。就这样，当怪鸟飞往勐庄哈去的时候，召树屯也被带走了。

摩哈西里林展开了巨大的翅膀，在云层里飞翔着。地面上的山河在召树屯眼里竟显得那么微小。怪鸟降落在魔王四丫的洞穴附近，抖了抖翅膀，却把召树屯摔出来了。他离开了怪鸟，向着四丫的洞穴走去。走不多远，看见一个挑水的女郎南广宰，他觉得奇怪：这荒山野谷里，难道也有村庄么？他决定打听明白，向那女郎要一口水喝。那女郎突然碰见陌生人，非常惊讶，望望四边无人，对召树屯悄声说道：

“这里是魔王四丫的天下，它会把你吃掉的！赶快离开这儿吧！”

“不！”召树屯说：“我就是特意来找它的！”

“找它！”

“对，要它把兰吾罗娜放出来和我一道回去。”

“啊！你是……召树屯！”

召树屯诧异地点点头：“你是谁，怎么会知道我的名字？”

“唉！”南广宰叹了口气说，“我是民间的女儿，被四丫拘摄来要害我，好心的兰吾罗娜把我要在身边，救了我的性命。要知道，她多么想念你啊！”

“求你带我去见见她吧！”

“这怎么行呢！那个洞门把守得很紧严，万一被四丫发现了……”

“那……”

“这样吧！你先躲一躲，我去告诉兰吾罗娜想想办法——你有什么信物让她知道你已经来到这儿了呢？”

召树屯忙取下兰吾罗娜托付仙人帕腊西转交给他的金手镯，递给南广宰。南广宰知道这手镯是女主人自幼戴在手上的，便把它放进水桶里，依然挑着水回洞去了。

兰吾罗娜被凶恶的父亲关在阴暗闷热的洞穴深处，时时刻刻思念着召树屯。三四月间，青草发绿，鲜花遍开，什么都看得见，唯独看不见心爱的人；蜜蜂采花，欢欢乐乐，独她一人孤单苦闷；雾露都已经散了，而想念爱人的心啊，怎么也散不开。她希望有一天夫妻团圆，重过人世间的幸福生活。如今，她不能再到郎丝娜湖游泳了，便叫女仆南广宰替她挑来清凉的泉水，又替她从头到脚浇水洗澡。突然，她发觉一件硬东西碰在头上，又掉在地上叮当地发出音响。她弯下腰去拾在手中一看，几乎惊叫起来，又本能地掩住嘴唇。俏皮的南广宰故意问道：

“小姐拾着什么心肝宝贝了，洗着澡的人怎么发起呆来了呢？”

“啊！南广宰，我们不是在睡梦中吧！你看这分明是我的金手镯呀！怎么会落在这儿呢？”

“小姐眼睛不正正长在小姐的脸上么？小姐的手镯，自然落在小姐的身边了。”

“我看见了心爱的宫粉，可是看不见放宫粉的人；这彩绣的荷包落在我的手里，那么丢荷包的人又在哪儿呢？”

“自个儿飞来的宫粉，管它做什么！洗着澡的人，怎么想起丢荷包的玩意了呢？”

“南广宰，你告诉我，哪里来的手镯?”

“是从泉水里淌进桶来的呀!”

“泉水里淌来? 不不! 南广宰妹妹，求求你告诉我，谁交给你的?”

“有谁交给我呀!”

“好妹妹，你行行好吧!”

“行好不行好，难道召树屯到这儿来了!”

“啊! 果真是他来了?”

南广宰看把她急成这个样儿，“嗤”地笑了一声，便一五一十地将召树屯历尽艰险，终于来到勐庄哈，要求会见兰吾罗娜的详情细节都一口气说了。兰吾罗娜又悲又喜，立刻求六位姐姐们设计，背着匹丫，把召树屯接进洞里来了。

夫妻会面以后，都非常感伤，离别的苦情怎么诉说得完呢! 可是魔王匹丫嗅到了生人味，令小妖四处搜寻，竟把召树屯抓住了。兰吾罗娜和她的姐姐们都万分焦急，不顾一切地跪倒在父亲脚下，恳求它饶恕召树屯。召树屯则理直气壮地要求匹丫允许他带着自己的妻子返回家去。匹丫自知理屈，说召树屯不过，又碍着女儿们的面，勉强假意答道:

“你既是有心做我的女婿，就先替我做几件事情。做好了，让你和七姑娘回去; 倘若做不好就别再活!”

召树屯明明知道匹丫的阴谋诡计，但是为了得到兰吾罗娜，还是答应了。匹丫狞笑着指着一块巨大坚硬的磐石，命令召树屯用锤把它敲碎。召树屯使尽了平生气力，高举铁锤，一锤又一锤地敲击，但见火星惊迸，未见磐石有丝毫裂痕。兰吾罗娜暗地里叫南广宰把自己绾发的金簪交给了召树屯，召树屯用金簪轻轻地在磐石上敲一敲，那石块立刻粉碎了。匹丫为难不着召树屯，又令小妖取过两只一模一样的饭盒，叫召树屯识别哪一盒装米，哪一盒装谷子。召树屯看了看饭盒，一般大小，拿在手里，一样轻重，要认出谁装谷子谁装米，实在有些为难。兰吾罗娜生怕丈夫猜错，便叫南广宰暗暗告诉他说："摇得响的是米，摇不响的是谷子，既认出来，就要立即摘开盒盖，要不然又会变错了！"召树屯照着做了，果然没错。

然而，魔王匹丫并没有心把孔雀姑娘嫁给召树屯，总想找借口把他吃了，便又出了个鬼主意，叫七位孔雀姊妹们躲在一间黑房里，每人由墙洞里伸出一个手指尖尖来，叫召树屯去认哪一个是兰吾罗娜的手指头，认准了，让他把兰吾罗娜带走；认错的话，非把他吃掉不可。召树屯站在漆黑的墙壁外面，什么也看不清楚，别说怎样发现七个手指尖，再从七个手指尖里认出自己妻子的手指头了。正在这时，突然飞来了一只萤火虫，歇在兰吾罗娜的手指尖上。召树屯明白这是妻子的指引，便捏住兰吾罗娜的手指，要求匹丫让他们回去。匹丫几番几次斗召树屯不过，恼羞成怒，决计半夜里把召树屯吃掉，便假惺惺地对召树屯说："今儿晚了，明天一早送你们走吧！"暗地里却叫小妖们烧火煮水，把守洞口，不准放走召树屯。

恰好这件事被南广宰知道了，慌忙告诉孔雀姑娘，兰吾罗娜便和召树屯商量道：

"我这父亲作恶太多了，连自己的女儿和女婿也不放过。事到如今，只有狠着心肠把它除掉，也让人世间少一害。"

召树屯说："它力量无比，变化多端，怎么除得掉呢？"

"这不难，"兰吾罗娜说，"在它的枕头下面，藏着一颗魔针，待它睡熟了以后，用那颗魔针往它的太阳穴上戳进去，它就死了。只是得有个勇敢机智的英雄才能办到。”

“我去办!”召树屯毫不犹豫地答应。

晚上，匹丫和守房的小妖都睡熟了。召树屯轻脚轻手地走进房来，在匹丫的枕头下发现了那颗魔针，可是被匹丫的头压住枕头，老是抽不动。召树屯急中生智，在自己头上拔了一根头发，向着匹丫侧朝上边的那只耳朵轻轻一搔，匹丫被搔痒了，便轻轻地翻了个身，魔针就被抽出来了。召树屯咬紧牙关，用力在匹丫的太阳穴上一扎，匹丫凄厉地狂吼一声，便死掉了——现出一块顽石的原形。众小妖见魔王已死，纷纷逃命去了。兰吾罗娜放走了匹丫由人间摄来的无辜人儿，辞别了几位姐姐，负着召树屯飞在空中，风驰电掣地由彩云伴随着回到了自己的家。从此，他俩永辈子在一块儿幸福地生活着。那象征和平与幸福的舞蹈“孔雀舞”便在傣族民间广为流传，深深地感染着人们善良的心灵。

石雕凤凰

这类故事异文中的仙女不是变形为天鹅，而是变形为孔雀。国内学者多数认为，孔雀公主型故事是天鹅处女型故事的最后类型的异文，所以它是情节最复杂、发展最充分的同类型故事。这个故事由得妻、失妻、寻妻和团圆四个情节单元构成①。故事里的女主人公因为被男主人公王子偷窥沐浴，拿走衣服而被迫滞留人间，但公主与王子已是情投意合，恩爱非常，不存在仙女被迫滞留人间的情节。王子由于宗教或者战争的原因，暂时离开公主，公主被巫师或者其他嫉妒的妃子诬陷而被迫离开，王子归来，找不到心爱的妻子，决定外出寻妻，王子从辅助者那里得到公主离开时留下的首饰（戒指或者项链），王子带着首饰历经千辛万苦来到公主的住处，公主认出自己当初留给王子的首饰，和王子一起克服父亲提出的种种困难，最后和王子双双返回王国，继承王位，从此过着幸福的生活。民众在演述传讲这则故事时，总是多角度地将主人公的命运和社会斗争结合起来，展开与自己生活密切相关的丰富生动的叙事。

## 蒙古族的故事记载

流传在蒙古族民众中间的天鹅处女型故事主要是族源传说，即陈建宪教授所说的天鹅处女型故事亚型之一的“族源传说型”，这类传说广泛流传在蒙古巴尔虎布里亚特、卡尔梅克、郭尔罗斯和杜尔伯特部蒙古人及外蒙古、内蒙古蒙古人中间。其中主要由布里亚特蒙古人传承，流传区域主要集中于以贝加

---

① 刘守华：《纵横交错的文化交流网络中的〈召树屯〉》，49页，民间文学研究，1990（1）。

尔湖为中心的地区。广泛流传于布里亚特蒙古人中间的一则传说《豁里布里亚特》：

从前在阿尔泰山之阴，呼辉山背后住着一位巴尔虎巴特尔。那位巴特尔有三个儿子名叫伊勒古德尔图日根、布里亚台莫日根和豁里嘎台莫日根。三个勇敢的儿子经常到阿尔泰山、呼辉山去猎取水獭、貂、牝鹿和牡鹿。

豁里嘎台莫日根春秋两季来到海边猎鸟。一次来打猎的时候，三位天女飞来，将羽衣脱在湖岸上，以人身入海嬉游。豁里嘎台莫日根由于非常喜欢那些姑娘，走过去拿了一个姑娘的衣服，在杏树的那边趴下躲起来了。三个姑娘游了一会儿就过来穿衣服。其中两个姑娘穿好后飞走了，剩下一个姑娘找不到衣服就哭道："我的衣服没有了，我本是天女啊！"豁里嘎台莫日根很想得到那位姑娘，就趴着不动。姑娘无可奈何地哭着说："别为难我，让我看看你吧。你要是老人就给我做父亲，要是年轻后生就当我丈夫吧！"豁里嘎台莫日根拿着姑娘的衣服出来，并没有还给她，而是带着她回家，把羽衣藏起来，另给了她一件衣服穿。天女找不着自己的衣服就灰心了，和豁里嘎台莫日根一起过上了美满的日子，并生儿育女。生了六个儿子之后，豁里嘎台莫日根的妻子老是向他要那件羽衣，闹得他片刻不宁。豁里嘎台莫日根实在无法忍受就拿出羽衣给了她，心想："已经生了六个儿子，她能去哪儿呢？"他的妻子看见羽衣激动得哭起来。然后穿上它展翅飞落在布里雅特帐房的木架上。看了看孩子，又看了看丈夫，然后从天窗向上飞了出去。豁里嘎台莫日根见状一跃而起，来抓她的脚，但却脱了手。于是天鹅的脚就变成黑的了。豁里嘎台莫日根等他的妻子等得受不了了，就娶了二房，第二个妻子又生了十一个儿子……那十一个儿子繁衍成的布里亚特人，后来就居住在豁里部的格精的依拉古纳的莫豁尔西伯利的扎格莱的必齐古尔部落。

现在搜集到流传在布里亚特蒙古人中间的族源传说总共有五篇异文，这些异文的主要情节大都是男主人公在海边或者贝加尔湖通过窃取仙女的羽衣，使这些白天鹅无法升天，只好留在人间与男主人公生儿育女，并且孩子的数目大都是十一个。例如流传在布里亚特和巴尔虎部落的传说《霍里土默特与霍里岱墨尔根》就说这十一个孩子成为霍里十一个氏族的祖先。

相传从前有两个人叫豁里土默特和豁里岱墨尔根。布里亚特蒙古人居住在奥耳杭岛和巴尔古津河下游贝加尔湖北岸。巴勒津哈敦……在奥耳杭岛安息了。豁里土默特是个尚未成家的单身青年。一天，他在贝加尔湖湖畔漫游时，见从东北方向飞来九只天鹅落在湖岸脱下羽衣后变成九位仙女跳入湖中洗浴，他将一只天鹅的羽衣偷来潜身躲藏。浴毕，八只天鹅身着羽衣飞去，留下一只作了他的妻子。

当生下第十一个儿子后，妻子想回故乡，求夫还其羽衣，夫不允。一天，妻子正在做针线活儿，豁里土默特拿着抓手（即两片防止烫手的毡片）做菜烧饭。妻子说："请把羽衣给我吧，我穿上看看，我要由包门出进，你会轻易地抓住我的，让我试试看看吧！"霍里土默特想："她穿上又会怎么样呢？"于是从箱子里取出那件洁白的羽衣交给了妻子。妻子穿上羽衣立刻变成了天鹅，在房内舒展翅膀，忽然，刺的一声展翅从天窗飞了出去。"嗬唷，你不能走，不要走呀！"丈夫惊讶地喊叫，慌忙中伸手抓住了天鹅的小腿，但是，最后天鹅还是飞向了天空。豁里土默特说："你走就走吧，但要给十一个儿子起完名再走吧！"于是，妻子给十一个儿子起名为呼布德、嘎拉珠德、豁瓦柴、哈勒宾、巴图乃、霍岱、呼希德、查干、莎莱德、包登古德、哈尔嘎那，这就是后来称之为十一位父亲的人们。还祝福说："愿你们世世代代安享福分，日子过得美满红火吧！"说完之后，便向东北方向腾空飞去。

从哪里来的，叫什么名字的姑娘没有人知道。我们上辈的布里亚特萨满唱的神歌是这样开头的："天鹅起源的/桦树神杆的人们/桦树围绕的胡塔尔/水流环抱的奥耳杭。"或许这就是天鹅起源的那母亲曾被拴过桦树杆的缘由吧，胡塔尔河的母亲湖位于桦树环绕的高山之巅。奥耳杭岛就在贝加尔湖中间。于是就有了豁里土默特的人们和十一位父亲。

据有关专家考证，蒙古族的天鹅处女型族源传说形成于宋元时期的贝加尔湖周围地区，传说中的男主人公名叫豁里嘎台莫日根、豁里土默特等，其实质都是以蒙古族历史人物豁里剌儿台·蔑儿干为原型的。历史上豁里剌儿台·蔑儿干曾因猎取貂和灰鼠自立部落霍里剌儿，这些众多的传说异文其实就是这一历史事件的曲折再现。

蒙古族天鹅处女型族源传说中出现的故事主人公大都是猎人和牧民，并且天女的化身均为天鹅，由此可见，它是狩猎文化和游牧文化过渡时期的产物。而且我们从古代蒙古人遗留下来的民俗事象来看，古代蒙古人中确实存在天鹅崇拜的现象。蒙古族天鹅处女型族源传说是在古老的"天"和天鹅崇拜文化融合的基础之上，经过神话历史化或民间故事历史化以及漫长的历史积淀而形成的[1]。

蒙古族的天鹅处女型故事除了族源亚型之外，还有王子和孔雀公主亚型，其中的代表传说是搜集于新疆卫拉特蒙古族的《格拉斯青》，其故事梗概是：

格拉斯青即猎人。格拉斯青听取了山神老人，也有说是修行千年的喇嘛的指点，来到天山博格达山峰下的天池边。看到王母娘娘的七个女儿带着五百五十个侍女前来洗澡。七只天鹅落地，脱去羽衣，成为七个美丽绝伦的仙女。仙女们浴罢飞上天时，格拉斯青扔出了套马索套住了七仙女的脖子。二人始得成婚，并恩爱非常。一说格拉斯青是国王的好朋友，找七仙女是为了献给国王。后战火烽起，顽敌寇其西部边境，格拉斯青别妻出征。有黑喇嘛拨弄是非，纵火烧七仙女的宫殿。七仙女背负公婆、孩子从大火中飞出，被迫忍痛同归天庭。格拉斯青得胜凯旋，拿着妻子留下的三件宝物，征服了祭天途中的三道障碍，来到天庭宫外大树下的一口水井旁。恰逢天宫侍女黄姑娘前来打水，便将妻子临行前留给他的戒指放入桶中。侍女给七仙女倒水冲手，戒指落入她的手中。七仙女来到宫外，见到丈夫。格拉斯青得到七仙女的母亲王母娘娘的协助，解答了父亲——天帝设下的三道难题，夫妻得以团圆。后重返人间，过着美满幸福的生活。[2]

《格拉斯青》在七八世纪就开始流传在蒙古族人中间，也

① 包海青：《蒙古族族源传说比较研究》，81 页，中央民族大学博士学位论文，2007。

② 姚宝瑄：《〈召树屯〉〈格拉斯青〉与〈牛郎织女〉之渊源关系——兼谈中国鸟衣仙女型传说对古代印度的影响》，民族文学研究，1987：(5)。

有人认为当中存在喇嘛教色彩，蒙古喇嘛教实即黄教，在十四、十五世纪从西藏传入蒙古，是由喇嘛教派生而来的。它和藏族的《诺桑王子》、傣族的《召树屯》一起作为“王子和孔雀公主型”传说的典型代表在我国民间文学领域发挥着举足轻重的作用。

## 其他少数民族的故事记载

天鹅处女型故事不仅流传于我国几个大的民族中间，在不同区域不同的民族中间流传的此类故事不仅情节更为丰富，为研究此类故事提供了更多的参考文本，而且对研究当地的民俗人情都有着重要价值。

### （一）瑶族的《五彩带》

古时候，有个瑶家孤儿门翁，刚满十岁，就失去了双亲，家庭十分贫困。父母死后，他只好自己学习犁田犁地种庄稼。每天起早贪黑地辛勤劳动。他种什么得什么，很快就富裕起来了。

他刚满二十岁那年的春天，发生了一件怪事：当天把田水放满了，第二天扛着犁耙，牵上耕牛，走到田边一看，田里的水不知哪儿去了，田也犁不成。他感到奇怪，就顺水沟走去，看见坝埂处有漏洞，就跳下塘底堵了半天才把洞口堵住。水又慢慢顺着水沟流淌到田里来，很快就把田灌满了。可是第二天再去犁田时，田水又是干干的了。他只好又顺着去理沟水。结果仍然像往常一样，到处是漏洞。就这样，他都天天回回要堵水沟和水坝的漏洞，累得他喘不过气来。一个月过去了，他的田一点也没有犁成，他急得哭起来。这时过来一个白发老人，笑眯眯地问他哭什么，他把情况跟老人说了。白发老人见他是个诚实憨厚的好青年，便告诉他说："你明天就不必再去堵水塘和水沟了。一早起来你就带上午饭和晚饭，去水坝那里躲着守着，看是否有人来搞鬼作恶。"门翁照着白发老人说 的办法去做。他刚刚走到水塘旁边的草丛中躲好，就发现从天上飞下来一群仙鸟，就落到水坝里，突然变成一群仙女。她们脱下那美丽的翅膀和仙衣，一个个跳进水塘沐浴。门翁发现有一对翅膀特别的漂亮，就偷偷地拿走这副美丽的翅膀和仙衣，跑到水塘边大声地咳嗽了两声。仙女听到有咳嗽的声音，便一个个急忙地各自穿上自己美丽的仙衣，插上翅膀飞走了。剩下一个最美丽的仙女，找不到她那两只翅膀和仙衣，着急地来回打转。门翁看到这样漂亮的仙女，便从草丛中走了过来。仙女向门翁恳求说："门翁哥哥，你不给我的翅膀也罢，只求你还给我的衣裳让我穿上吧。"门翁听了仙女的请求，便把仙衣还给了她，并且提出两个条件：一是把水塘里的洞口全部堵住，二是仙女和门翁一起回他家，仙女都一一答应了。仙女接过衣服后，叫门翁闭一会儿眼睛。门翁刚闭上眼睛，仙女就叫他睁开了。门翁睁眼睛看她时，仙女已换上干衣服，再往坝口一看，所有的漏水洞全部堵好了，水顺顺当当地从沟里流到田里。仙女对门翁说："我的翅膀被你藏起来了，从今以后，我就天天陪伴你吧。"接着仙女就同门翁回了家。

门翁自从和仙女成亲后更加勤快了，整天都在地里干农活，家里的活都由仙女管。每天仙女在家做好香喷喷的饭菜等着他。门翁回家晚了一点儿，仙女就问："你怎么回来的这么晚？你不想念我吗？"门翁总是说："正因为我太爱你了，所以我才拼命干活呀！"为了永远将仙女留在身边，他必须得把仙女翅膀永远藏起来。仙女一直得不到翅膀，也只好长久地留在门翁家里，最后结成真正的夫妻。

过了三年之后，仙女生下了两个小男孩。有一天，仙女对孩子们说："你们的爸爸每天都要出去干活养活我们，真是太累了，让我去替他做活，你哥俩在家听爸爸的话，让他好好休息几天。"孩子们说："好的，妈妈，我们一定听爸爸的话就是了，你放心吧。"

第二天仙女到山上干活，门翁就和孩子在家。孩子们总是又哭又闹，吵得门翁一样都做不成，于是就将仙女那美丽的翅膀拿出来哄小孩玩，孩子们就再也不哭不闹了。门翁还告诉孩子们说："这美丽的翅膀就是天上的外公外婆特意配给你们妈妈的，你妈回来如果看见了她的翅膀就会飞上天了，你们就会从此没有妈妈了，千万不能对她说呀！"孩子们答应了。

晚上，仙女和孩子们到园子里乘凉，就问孩子们说："今天你俩和爸爸在家好玩吧？"孩子们说："好玩极了！""跟妈妈在家就不好玩吗？"仙女问。"嗯，跟妈妈没有……没有那副翅膀……"听到这里，仙女已猜出几分。仙女在家领孩子，孩子又哭又闹，仙女就打他们一巴掌，说："为什么跟你爸爸在家时，你们玩得那么高兴，今天跟妈妈反而又哭又闹呢？"逼来逼去两个孩子你看看我，我看看你，谁也不说话。仙女便拿起小竹棍打两个小孩，最小的那个怕打就说："妈妈你别打我们了，我就告诉妈妈吧：昨天我们和爸爸在时，他拿最漂亮的翅膀给我们玩。"大儿子说："爸爸说了，不能告诉妈妈，如果告诉妈妈了，妈妈得了那副翅膀就会飞到天上去。那时，我们就没有妈妈了。"

听到这里，仙女便抽出舂米棍打了两个孩子。还是二孩子受不了打，就跟妈妈说实话："那副翅膀就藏在那三十六把糯米谷底下。"

仙女听了立即上楼去，把三十六把糯谷全部搬开，找到那副美丽翅膀，便立即取出来插在自己的腋下，准备飞回天上。临走前她对两个孩子说："妈妈先飞到天上去看外公外婆，等妈妈到了天上以后，就把你们三人都接上天去。你们只要看到有三根红、蓝、绿色的线从天空中垂下来，那就是我来接你们了。你们就抓住它，闭上眼睛，我把你们接到天上去。你们爸爸回来，就告诉他妈妈飞回天上了。"

天黑了，门翁回家时看不见仙女，只看见两个孩子在门闩上哭着，门翁急忙问："你们的妈妈上哪儿去了?"两个孩子边抹着眼泪边说："妈妈到天上去看外公外婆了。"

门翁听了，立刻昏倒在地，整整昏了三天三夜才苏醒过来。当他醒来时，两个孩子告诉他说："爸爸你莫急，妈妈临走时告诉我们了，等以后天上有三根红、蓝、绿的线垂下来时，就是妈妈来接我们到天上去了。"从此，门翁就和孩子们眼巴巴地望着天上，盼着红、蓝、绿线早点垂下来。

### （二）壮族民间故事《勇敢的阿刀》

从前，有一个孩子名叫阿刀，年纪很小，妈妈终日给人家洗衣服，母子俩过着贫困的生活。阿刀出门去找小伙伴玩，孩子们一看见阿刀就说："你为什么没有爸爸？我们都有爸爸的，不和没爸爸的人玩！"说着孩子们一个个都跑光了。阿刀想，他们个个都有爸爸，为什么我没有爸爸呢？阿刀边想边走回家。

到了家，阿刀问妈妈："妈妈，人家孩子都说我没有爸爸，他们都不肯和我玩！我的爸爸到哪里去了呢？"妈妈说："我儿，你问起爸爸我就伤心了！等你长大了，我就告诉你了。"阿刀着急说："为什么等我长大了才告诉我呢？现在告诉吧！如果爸爸在家，我就可以和人家玩了！"妈妈说："我儿，你年纪还很小，告诉你也没有用，几年之后你长大了，我自然就告诉你了！"妈妈终没有告诉阿刀。阿刀没办法，只好一个人在家里玩。

过了一年，有一天妈妈不幸病了，且一天天严重，眼看就要活不成了。阿刀哭着，对妈妈说："妈妈，你病得很厉害，如果你死去了，我怎么活呢？谁来养活我呢？请你告诉我爸爸在哪里呀！"妈妈声音很低沉，眯着眼睛吞吞吐吐地说："我亲儿！我活不成了，你不要悲伤，现在我告诉你爸爸在哪里，我死后，你就去喊他吧！你爸爸是一个百发百中的猎手，把山中所有的猛兽都打光了，替村中除了害。谁知财主黄万倒说你爸爸不应该，他说山中的野兽是他家的，定要你爸爸赔偿，我们用什么来赔偿呢！后来，这个黄万就把你爸爸赶进山中去，说要他变个野兽来还他。那时你刚刚一岁。你要喊他，就到对面山中，爬到最高的山顶上去喊，他就会听见了。"妈妈说完，就闭上眼睛死了。

妈妈死后，阿刀照着妈妈的话，到山里去叫爸爸。阿刀穿过稠密的树林，走到了这座山的山脚，抬头见不到山顶，四面都是密密的大树，黑得看不见路。阿刀有点怕了，但是为了找爸爸，他压住了一切恐惧，勇敢地向山上爬了半天，终于爬到了山顶。阿刀就高声喊："爸爸！爸爸！你在哪里？我是阿刀呀！"

阿刀一喊，在一排排的深山里有人答应了："你就是阿刀呀？你怎么知道我在这里呀？"阿刀把以前的事情和妈妈去世的事，一一说给爸爸听。阿刀的爸爸答应明天就回家去。阿刀高兴地爬下山来。

第二天早晨，阿刀就到半路去迎接他的爸爸。忽然，只听得树林里"喳喳"响，跑出来一个人不像人、野兽不像野兽的动物。阿刀见了吓得发抖。原来阿刀的爸爸已经成了野兽，长着一对很长很长的角，全身也长了长长的毛了。阿刀知道这是爸爸，也就不怕了。他带着爸爸回家，一走进门，两只狗汪汪地追出来，阿刀的爸爸便转身跑了出去，一只角碰着门板给碰断了。

阿刀没办法，第二天又去喊，但是爸爸怎么也不来了。阿刀哭着说："如果你不回家，我年纪又小，家里又无田，我怎么活呢？"爸爸说："昨天我到了家中，狗要咬我，我跑出来的时候碰到了一只角在门边，你用绳子绑着它拉着走，看这只角插到哪里，哪里就是我们的田了。你回去照着做吧！我不能回家了！"

阿刀回到家里，就用绳子拉着爸爸的角向田边跑，说也奇怪，拉了半天，一块块大田这只角总不插入，后来拉到一个水洼地，这只角就插了进去。阿刀说："真不走运，一块块大田倒不插，反而插进这一块小土坑里。但爸爸说的话，我只好听从。”阿刀就在这块水洼田里插了秧。三个月过去了，黄黄的稻子熟了。阿刀高兴地拿着镰刀来割稻，说也奇怪，阿刀割了前面，一回头见后面的稻子又熟了。这块小田连连割了七八天，还是割不完。

一天，阿刀正在割稻，忽然飞来了七位仙女，身上穿着很漂亮的衣服，对阿刀说：“阿刀，我们见你一个人割了几天谷子，还是割不完，今天我们特地来帮助你割稻。”阿刀听了很高兴。七位仙女放下翅膀，拿起镰刀嚓嚓地割开了。仙女割过的地方，就不再生长出稻子来了。阿刀挑稻子回家，看见田边放着七对翅膀，阿刀便顺手拿起最小又最美丽的仙女的翅膀，藏在担子里挑回家去了。不一会儿，稻割完了，六位仙女拿着自己的翅膀一插，飞上天去了。只有最小的仙女找不到自己的翅膀，再也不能飞上天去了。阿刀说：“既然你的翅膀不见了，就跟我一起回家去吧。”仙女起先不愿跟他回家去。阿刀说：“你不跟我回家去，在这里天一黑，野兽就出来吃掉你了。”仙女跟阿刀回了家，就成了夫妇，一块儿下地干活，过着很美满的生活。

一天，黄万的狗腿子出来催租，从阿刀的门前走过，看见仙女，看呆了，连把催租的事都忘了。狗腿子跑回去，把这事告诉了黄万。黄万听了跌脚说道：“这一个穷鬼，竟得到这样好的姑娘。这还了得！你快快把阿刀抓来，我自有主意。”

狗腿子立刻来到阿刀家里，把他拖去了。黄万见了阿刀，强迫他在明天早上一定把老婆送上门来，不然，连他的头也要杀掉。阿刀回家，哭着把黄万的话告诉了仙女。仙女道：“我自有办法。”

天黑了，仙女说：“你把我的翅膀拿来，我先飞上天去，然后把一条黑线吊下来，你顺着爬上去就见着我了；到了天上我们再安家。”阿刀把藏了好久的一对翅膀交给仙女。仙女拿着翅膀一摇，飞上天去了。不多时，一条黑线吊了下来，阿刀就爬了上去，到了天上。天上和地上可不同了！一条条平坦的大道，抬头又见亮晶晶的星星，真是美丽极了。仙女说：“我家还有爸爸、妈妈，我爸爸最恨凡人的，可能对你不满意，你到了家，早晚听他的话就是了。以后怎样，我自有安排。”仙女带着阿刀到了家，又对他说：“你见我的爸爸，就叫他岳丈，见我妈妈，就称她岳母。”

到了家，岳丈见了女儿和女婿，又喜又气，他怪女儿嫁给一个凡人，太不应该。他肚子里虽气，却又难以开口。岳丈想：早晚害死这个女婿，给女儿再找个女婿，岂不是好。一天，他就对阿刀说：“女婿！再过两天就是我的生日了，你到南山去向夏山婆给我借锣鼓，准备使用。”原来这是岳丈的坏主意，要叫阿刀到南山去，给夏山婆吃掉。仙女知道了，对阿刀说：“这明明是我爸爸要害你！现在我给你三把针，你到了夏山婆家，偷偷把一把插在楼下，一把插在楼上，一把插在门外，你向它要了锣鼓就跑回来。你一定要记住！”阿刀拿了三把针，赶到夏山婆家。

这个夏山婆实在可怕，它也像人一样，不过两眼是直的，没有眉毛，鼻子是红的，牙齿很长很长。它看见了阿刀，笑嘻嘻地张开大嘴说：“好孩子，你来做什么？请坐喝茶。”阿刀说：“我是山脚下的村子里的人，因岳丈做生日，叫我来向婆婆借锣鼓回去用，两日后必定送还。”夏山婆笑着说：“锣鼓就在楼上。不过你远路来，肚子想必饿了，且等我去磨刀杀鸡，吃了饭再去！你暂且坐着喝茶！”夏山婆说完就跑出了后门。

阿刀只听见“咯咯”的响声，他偷眼一看，哪里是磨刀呢！原来它是伸出长牙正在磨牙！阿刀见不对头，就赶快上楼去取了锣鼓，在楼上插了一把针，下楼来又插了一把，出了大门又插了一把，拿着锣鼓匆匆地跑回来。

夏山婆一边磨牙，生怕阿刀偷跑回去，就一边喊：“好孩子，你且坐着喝茶吧！好孩子，你且等等就可以了……”这时屋内有人答应，却不是阿刀，而是插在楼下的一把针。不一会儿，夏山婆磨尖了牙跑进屋来，大叫道：“好孩子，你在哪里呀?”楼上的一把针应道：“我在这里呀!”夏山婆上了楼却不见有人，又大喊：“好孩子，你在哪里呀?”楼下的一把针又应道：“我就在楼下呀!”夏山婆赶下楼来，还不见有人，又大喊道：“你实在在哪儿呀?”大门外的一把针应道：“我在这里呀!”夏山婆又赶到门外，也没见到。这样，它跑了半天都没见到人。后来听见山脚下有锣鼓声，才知道阿刀已经回去了。

阿刀取了锣鼓急忙下山，下了山打起锣鼓来。岳丈见了又气又恼，但不敢做声。过了一天，岳丈又对阿刀说：“明天就是我的生日了，我需要一只老虎，现在西山有很多老虎，你去捉一只来，一定要活的。”仙女知道又是爸爸的坏主意，就对阿刀说：“我给你把铁伞，你见了老虎等它扑来的时候，就把这把伞插进老虎嘴里去，马上将伞张开，它就逃不了啦!”

阿刀拿起铁伞赶到西山，刚到山头，只见一只大老虎张开着嘴向他扑来，阿刀用力把铁伞插进老虎嘴里，把铁伞一张，老虎脱也脱不了，叫也叫不了。阿刀牵了回来。岳丈见了，可急坏了！心想，早晚一定要把他害死！

仙女见爸爸这样对待她丈夫，心里很难过，就对阿刀说："我父亲对你太刻薄了，这样下去总有一次要被他害死的，我想，你暂时离开这个家，以后有机会再来吧。"阿刀说："我也这样想，但是往哪里走呢？"仙女说："这天上不同地下，这地方到处都有夏山婆，附近村庄里的人都给夏山婆吃光了。你走时要沿着清清的溪水走，见到浑浊的溪水就不要走，因为混浊溪水流过的地方没有村庄；如果沿着清清的溪水走，一定就有村庄了。到了村庄，你可先选择些活路做，往后再另打算。"仙女送给阿刀一把短尖刀。阿刀带了些干粮就走了。

阿刀沿着清清的溪水走去，见到很多村庄，但是每到一个村子，总看见满地骨头和破烂的家具，地里的谷子熟得黄黄的也没有人收。阿刀见到这满目凄凉的景象，知道都是被夏山婆糟蹋的。阿刀连连走了七八天，一路上都是这样。一天，来到一个村子，看见一块甘蔗地，阿刀肚子正饿，就取了几根甘蔗坐在马槽上吃，他忽然觉得有什么东西刺他，就把马槽翻过来一看，啊！原来是一个十一二岁的小姑娘躲在里面。她见了阿刀，慌忙问道："你是从哪里来的客人，你不怕吗？"阿刀也问道："小姑娘，你为什么躲在这里？你说怕的是什么呢？"小姑娘说："你还不知道！山上住着一个夏山婆，可真厉害呀！它把村子里的人和牛羊都吃光了，幸好我躲在这马槽里面它看不见。你看，这个村子哪里还有一个人呢！"阿刀说："现在夏山婆住在哪里，待我去和它打仗，看它怎样！"小姑娘说："你不知道！我们的人也曾经和他打过，但是总胜不了它，你怎么赢得了它呢！如果你要和它打，你只要在这马槽上敲三声，它就来了。”

阿刀就叫小姑娘躲开，自己在马槽上敲了三声，不多时只见一个夏山婆张牙舞爪跑来了，见了阿刀，笑着说：“你且告诉我，你叫什么名字？敢来和我打吗？”阿刀说：“我说老实话，我的名字叫阿刀，是专门来杀你的！”说完就向夏山婆奔过去，一刀砍中了它的手臂，只见夏山婆用舌头一舔就好了。阿刀又一刀正刺在它的脚上，鲜血流出来，只见它用舌头一舔又好了。原来这夏山婆有这样的本领，任你打伤它身上哪个地方，它只要用舌头一舔，伤口便好了。阿刀和夏山婆打了一天的仗，不分胜负。天黑了，夏山婆说：“阿刀！天黑了，我暂且回去，明天一定和你打个输赢。”阿刀说：“这也好，明天一定和你打，你听见三声响就来吧！”夏山婆匆匆地回去了，阿刀就偷偷地跟在后面。

夏山婆回到了家，两个孩子快乐地叫：“妈妈回来了，一定带横眼肉来了！”夏山婆气愤地说：“横眼肉！今天差点被阿刀杀死了！如果他知道用人粪或狗粪来擦他的刀，我就活不了啦！”阿刀躲在外面听得清清楚楚，就赶回村来，找到了小姑娘，把夏山婆的话说给她听，叫她去拾了些狗粪来。他用狗粪擦了短刀，准备明天再和夏山婆打。

天明了，阿刀叫小姑娘躲开，自己在马槽上敲了三声，夏山婆又来了，见了阿刀说：“昨天你的刀子亮闪闪的我还不怕，今天这样黑黑的坏刀，我还怕吗！”说着张牙舞爪向阿刀扑来。阿刀一闪，一刀正刺中夏山婆的手臂。夏山婆忙用舌头来舔。阿刀趁此机会，又一刀插进夏山婆的心窝。夏山婆觉得伤口很臭，舔不得，鲜血直流，倒了下去。阿刀又一刀，把夏山婆刺死了。

阿刀杀了夏山婆，马上赶到它家。夏山婆的两个儿子见了阿刀就说："你敢进我的家来？一会儿我妈妈来了定把你吃掉！"阿刀说："你妈妈哪里去了？"夏山婆的儿子说："它去找横眼肉去了，你不知道，我妈妈有一条拐杖可厉害了，用头部一指人就死了，用尾部一指人就活了。你还敢在这里？一会儿，我妈妈来了，你就要死了！"阿刀说："这拐杖放在什么地方呢？"夏山婆儿子说："在楼上。"阿刀听后，就闯上楼去，找到了这条拐杖，拿下楼来，用头部一指，夏山婆的两个儿子就死了。

阿刀拿着这条拐杖回到村子里，用尾部向夏山婆的尸体一指，夏山婆活了过来，又张牙舞爪地来斗阿刀。阿刀眼快手疾，用拐杖头一指，夏山婆又死了。阿刀喊小姑娘，向她说明了这条宝贝拐杖的用处，便用尾部向满地的骨头乱指，人呀、狗呀、牛呀、鸡呀、马呀，又活起来了，又变成了热闹的世界，小姑娘也找到了自己的家人。阿刀拿着这条拐杖一路走来，看见骨头就指，很多很多的人又活起来了。阿刀来到仙女家里，便带着仙女离开了他岳丈的家，到地上来了。他用这条杨杖指死了黄万，又到深山里喊回了父亲。从此，他们就过起幸福的生活。

### （三）彝族的《大雁姑娘》

从前，一家黑彝家有个锅庄娃子，非常聪明伶俐，常能想出很多办法使自己和别的锅庄娃子不吃亏。因此，黑彝主子非常恨他，锅庄娃子都很喜欢他。日子一久，黑彝主子不放心，怕他带领别的锅庄娃子起来反抗，就找了一个借口，给了他一把锄、一把砍刀和一羊皮口袋吉克比目粑粑，把他赶到高山上去，叫他开地，还叫他守在山上不准回来。

他满肚子不高兴，只好独自一人在高山上，时而挖地，时而玩耍，在一个自己搭的小木板棚里住了下来。

他最会吹叶笛。当他想吹时，就摘片树叶在嘴上吹起来，诉说锅庄娃子的不幸，黑彝主子的蛮横，咒他们千刀死、万刀亡。吹得痛快时，他就咯咯地笑起来。他吹得那样好听，那样动人，有时把山鸟都吸引来了，一群群地在他头上打转。

有一天他正这样吹着，有群大雁从他头上飞过。那群大雁听得舍不得走了，不断在他头上盘旋。当他仰头看时，忽然有一根雁毛落在他的脚前。他见那雁毛洁白可爱，闪闪发光，拾起来看了又看，然后把它放回地上。但当他刚一放下，那雁毛却自己一跳，翻了个身。他觉得奇怪，就又把它翻过去放着，但雁毛又立刻翻过来。他一连这样放了三次，三次雁毛都一跳就翻个身。他觉得很奇怪，就把这根雁毛拾起来，带回去插在他那小板棚的柱上。

自从这天起，他每天从地里回来，锅庄石前都摆好了菜饭，冒着热腾腾的蒸气，锅庄石里都烧好了水，煨着滚腾腾的水。吃的都是从来没吃过的上等好菜饭，再也不是那没味的乌果串和难吞的吉克比目粑粑了。他感到从来没有这样舒适幸福过。

日子一久，他就觉得奇怪，很想知道这饭菜是怎么来的。有一天，他假装去种地，但又悄悄走回来，藏在离板棚不远的岩石后边瞧着。

到了做饭时候，他看见柱上插着的雁毛一动，忽地从墙上飘了下来，在地上一跳，变成了一个年轻貌美的姑娘。他惊奇极了，在岩石后边屏着气，不转眼地看着。他看见那姑娘挽起双袖，就开始烧火、打水，做起饭来。做的正是他每天吃的很合口的饭。他心里又惊又喜，担心他做完了饭以后，又变成雁毛再不出来了。实在忍不住，就悄悄走到姑娘背后，忽地用两手把她抱住，说道：

"啊呀！原来给我弄饭的就是你呀！我谢谢你了！"

姑娘一惊，知道是他，就说：

"放了我吧，我们见面太早了，将来恐怕不会有好结果的。"

少年说："不早，不早，一点也不早！你若肯给我做妻子，我担保不会有什么不好的。"

姑娘说："那么，你能发个誓吗？你要发誓：我们两人永远不发生口角，纵然发生口角，你也永远不要说我是雁毛变的，我也担保不嫌你穷。"

少年说："我担保！我担保！我担保一辈子不说你是雁毛变的。"

姑娘同意了，两人就成婚了。

姑娘又勤快，又会管家。她日夜纺毛线，帮助丈夫在地里做活路。过了不久，他们的木板房也变大了，而且里边什么都有，慢慢感到日子好过了。

不觉几年过去，他们有了一个男孩和两个女孩。三个孩子长得又好看、又结实，夫妻两人十分喜爱。

有一天，因为孩子不听话，两人发生口角了。少年生气地骂道：

“你这庇护孩子的女人！你这雁毛变的女人！”

他刚这么一说，姑娘立刻闭了口，一句话也不说了，只悲伤地盯了丈夫一眼，脸色惨白地在地上一滚，就变成一只雁由窗口飞走了。少年急了，急忙牵着孩子在后面追着、喊着……但只看见一只孤雁飞上天空，慢慢缩小，慢慢缩小，飞进一群正在天边飞着的雁行里去了。

少年看着身旁的儿女，看看他们居住的板棚，想起妻子平时的好，日夜悲伤，连庄稼也懒得做。孩子更日夜啼哭，向他要妈妈，夜晚梦中也常常哭着喊：

“阿姆！阿姆！我要阿姆！我要阿姆！”

少年听见，更加难过。当第二年雁群飞来时，少年心中悲伤，为了安慰自己和孩子，就对孩子们说：

“娃娃呀娃娃！你们不是平常的孩子，你们是雁生的孩子。若是要见你们的阿姆，只有等到雁群飞过时，你们一齐向天空这样唱：

前面飞的是阿爷，
中间飞的是阿婆，
后面飞的是阿姆！
阿姆，回来呀！
阿姆，回来呀！
只要你们这样唱，你们的阿姆就会回来了。”

孩子们实在太思念妈妈了，因此只要天空有大雁飞过，就急忙跑出门外，一齐望着天空唱着：

“前面飞的是阿爷，
中间飞的是阿婆，
后面飞的是阿姆！
阿姆，回来呀！
阿姆，回来呀！”

他们唱得非常悲伤，所有飞过的雁群，都在他们头上盘旋着，这样回答说：

“咕呷，咕呷！
可怜的小阿依呀！
我们这里没有你们的阿姆！
我们这里没有你们的阿姆！”

直到孩子们不再唱了，它们才依依不舍地飞走。

秋天快完了，最后一群雁飞来了。孩子们又出来唱着，只有这群雁不回答，一直留恋地在孩子们的头上盘旋着，孩子们也更悲伤地向天空招着小手唱着。

唱着，唱着，忽然这群雁中的最后一只雁，用非常悲伤的声音回答说：

“咕呷，咕呷！
可怜的小阿依呀！
阿姆来了！
阿姆来了！”

这只雁忽地往下飞来，往孩子们面前飞来，但是刚飞到孩子们的脚前，就一下坠地断气死去了。

少年知道这只雁是他的妻子，只好含着眼泪，带着孩子们，在屋旁把它的尸体用火焚化，然后把骨灰埋葬了。

不久在葬雁的地方，长出了一棵白杨树。每天有许多小鸟飞来歇在树上，吱吱喳喳地叫个不停。少年因为想念妻子，也常常带着孩子们到树下来。

有一天，他正坐在树下愁闷着，一只喜鹊飞来向他说：

“喳、喳、喳，傻姑爷，不要伤心叹气，你的妻子托我带信给你了，叫你把这树砍下做个喂羊的水槽，它会给你带来好运气的。”

少年听说是妻子带给他的信，非常相信，立刻把树砍来做了个喂羊的水槽。果然奇怪，在这水槽里饮水的羊，不到几天就长得又肥又壮，在市上卖到了别人卖不到的价钱，他和孩子们的日子过得比原来更好了。

这事被黑彝主子知道了，他亲自骑马来看。看见少年的羊果然长得又肥又壮，他不但牵走了羊，还叫人把水槽也扛走了。

但黑彝家用这槽喂羊，羊不但不长，还一喂就死。黑彝主子生气了，说他的羊是这水槽害死的，就用刀把水槽劈来烧了。

少年来讨水槽时，见水槽已被黑彝烧掉，他又气又恨，就跑到烧水槽的地方去找，看见还有一小块木头没烧化，他急忙拾了起来，带上山去。

他为了纪念妻子，就把这一小块木头做成一把木梳，天天用来给自己和孩子们梳头。说也奇怪，用这木梳一梳，他们一家人的头发长得又黑又亮。

不幸，这事又被黑彝婆知道了，这女人是个半秃头，深怕黑彝主子嫌她长得丑。听说少年有这样的梳子，急忙自己走上山来借。但她拿回家一梳，把她原来很少的头发梳得连一根也不剩了。她气得又吵又跳，立刻找来一把斧子，把木梳捶得粉碎。

少年去讨木梳时，只拾得一根梳齿回来。他拿着这又小又细的梳齿伤心得流泪，因为舍不得丢掉它，就用火把它烤成钓钩，拿到河里去钓鱼。说也奇怪，只要用他这钓钩去钓，就能钓出满筐满篓的鱼。他带回家去，孩子们吃不完，还卖了很多钱给孩子们添衣服，买吃食。这样他的孩子们穿得又暖和、又整齐，长得又结实、又漂亮。邻居们看了都称赞说：

"多好的雁妈妈！你看她死了也没有忘记她的儿女啊！"

黑彝家因为受了那两次教训，再也不敢来借他这钓钩了。

### （四）苗族的《天女与农夫》

从前有一个农夫，帮人在田里耕田。耕到下午的时候，那牛觉得疲倦了，就对他说："你放了我，让我到坡上去吃点草！"农夫道："我放了你，我俩的工做不成，主人家岂不要责备我？"牛道："不要紧！你用力在犁上压着，把绳子扯断，你就可回到家里去搓草绳，我俩岂不都得休息了吗？"他一想，倒也不错，便真个把绳子扯断了。他就把牛放在山坡吃草，拿起一节扯断的绳子回去。回到家里，便找些稻草来搓绳。等到绳子搓好，天已昏黑，也耕不得田了。他便走到田里去，把牛和犁等一起拿了回来。

第二天，农夫仍然到田里去耕田。耕到下午，那牛又对他道："你再放我到坡上吃草！今天屋里有客来，现在正在办酒招待。你若回去也可吃些。"农夫道："今天我又回去，主人不是要责备吗？”牛道：“我有一个法子，使主人不能骂你。你再在犁上紧紧压着，我就用力地拉，犁必定要断，断了你就可以回去，找木头削过，等你削好了，酒饭也就要办好。人家吃时，不免要喊你同吃，岂不很好？”他一想的确很好，就真个把犁弄断，拿着一节断犁回去，走到家里，果见有客人。他就去寻了木头来削成犁，等到削好，酒饭也已办好，主人就喊他同吃。吃饱了，他仍然到田里去。牛问他道：“你得酒饭吃了吗？”他答道：“果真得吃了。”便又从事耕田。没有好久，天色已黑，回家去了。

第三天，他还是去耕田。不一会儿，来了七个不大不小的雀儿，在附近一个塘里洗澡。原来这七个雀儿，是天上的七姊妹化身下来。衣裤脱在一边，凡人不能看见她们的原身。但那牛是看得很清楚，就对农人道：“你放我吃点草！我可使你终身享福。”他因为前两次牛的说话都很灵验，所以也有点相信。问道：“你怎的可使我终身享福呢？”牛答道：“你且放了我，我自有道理。”农人就把它放了。那牛就慢慢地走到那七姊妹放衣服的塘边，悄悄地衔了一套衣裤在口里，飞跑回来，说道：“你把这套衣服好生收起，不久自有女子来向你讨取。因为她的裸体都被你看见了，所以她愿意做你的妻子。但是这套衣裤，你俩人结婚以后，还是不可还给她的。若是你还了她，恐怕你俩就做不成夫妻了！”他听了牛的话，心里非常欢喜，便把衣服收下。依然赶着牛耕田。

那七姊妹在塘里洗完澡之后，走上岸来穿衣服，却不见了一套。六个姊妹都飞去了，只剩一个赤身露体地站在那里。她看那农人在田里耕田，就走去对他说道：“请你分我一条裤子穿!”那人抬头一看，见是一个女子，赤身露体，不禁笑了一笑。问道：“你为什么衣裤都没有?”她含羞答道：“请勿取笑，快给我一条裤子穿!”说罢，面红耳赤。农人便不再问，即解下外面的一条裤子和一件衣服给她。她就急忙穿好说道：“哥哥！为妹乃是异乡人氏，家里离此地很远。现在路费全无，回去不得。我想我们女子，终究是不能独立的。现在情愿做你的妻子，不晓得你肯容纳么?”农人答道：“休得取笑！我是一个帮人耕作的农人，自己的生活还顾不过来，怎能养得起你?”她答道：“哥哥不嫌妹子丑陋，就不要推辞!”农人见她说得诚恳，就答应了。他便赶着牛带她一同回去。夫妻二人就一起帮那家做工。

到了冬腊月间，他俩算了工钱回去，自行起屋，买些田地，自耕自食，倒也勉可糊口，不待外求。约有一年光景，就生下一个儿子。再过两年，又生一个。夫妻二人非常恩爱。所有的工作都是共同合作。有一天她对丈夫说道：“今天你在家里带着孩儿，让我去摘猪菜。”丈夫答应，她就背着背筐，携着镰刀去了。到日中的时候，孩儿饿了，哭泣不已。他拿了很多东西来给他玩，还是哭个不住。忽然想起当年他妻子的那一套衣服，就爬到楼顶上的一个木孔孔里，伸手取了出来。孩儿见了那一套红红绿绿的衣服，马上就止住了哭声。玩了一会儿，依然把那套衣服收进木孔孔里去。不多久，他妻子背着一满筐的猪菜回来了。

第二天，她还是去摘猪菜。丈夫在家带着孩儿，到了日中，孩儿又是不住的哭。他仍去楼顶上的木孔孔中取那套衣服出来给孩儿玩，也就不哭了。玩了一会儿，仍又收去。天色将晚，妻子又背了一满筐的猪菜回来。

第三天，他对他妻子说道："今天我不耐烦带着孩儿了，让我去摘猪菜吧！"他妻子笑道："你带了两天孩儿就不耐烦了！我终年累月地带着，从没有不耐烦过。你就去吧！"丈夫去后不久，妇人问她的大儿子道："昨天你弟弟哭没有？"儿子便把如何哭，如何取花花绿绿的衣服给他玩一一说了。她一想花花绿绿的衣服，莫非就是我当年的那一套？就问儿子是从哪里取出来的。儿子起初不肯说，因为父亲吩咐过不准说给母亲听。后听母亲说要给他糖吃，才说出是楼顶上的一个木孔孔里取出来的。母亲即刻就爬到楼顶上伸手到木孔孔里一摸，果真是她的衣服。马上就取来穿好，带着两个儿子，一跃而飞到半空的云端里，回到她原来的地方去了。

那天丈夫回来，不见了妻子和儿子。各处寻找不着，左邻右舍去问，也多回说不知。当夜连饭也不吃了，一夜睡不成眠。一天亮就起床，遍地寻找，遇人就问。后来找到从前放牛的所在，就坐着哭个不休。恰好先前的那头牛，正在那里吃草，见他啼哭，知是不见了妻儿。忙向前告诉他道："你的妻子，是天上七姊妹中的一个，不是凡间的人。昨天是回到她原来的住所去了。"他问牛道："现在她们到天上去了，怎么办呢？"牛闭着眼睛想了一会儿，说道："现在你的儿子正在大门外和一些孩子做垦田挖地的游戏，你的妻子正在屋里做针线。你若去时不可直接进屋。恐怕她不能出来会你。可先到门外，见了儿子让他哭起来。你的妻子听见哭声，就会出来的。"他道："她在天上，我怎么得去呢？"牛道："你坐在我的头上闭着眼睛，不久就可到天上了。"他就依言坐上牛头，闭了眼睛。

那牛用力向上跃了几下，便到半空中了。不一会儿，张开眼睛看时，只见又是一个世界。有一高大的房屋，门外有几个小孩，在那里弄着泥水玩。走近一看，其中两个，就是自己的儿子。便上前用手在两个儿子的头上敲了几下，便都哭喊起来。妇人听见儿子的哭声，就急忙丢了针线，跑出大门。一见丈夫，便问如何能来到天上，怎么知道我们在这里？丈夫含泪答道："是先前那只牛告诉我，送我上来的。"妻子就邀他进屋去，拿饭给他吃。并说道："吃饱了，可去躲避！若是我父亲回来，要谋害你的。"天色既晚，父亲回来，因闻着世人气味，便问道："怎么有世人的气味？"她答道："因为有你的外孙的一套衣服没有洗。"父亲便叫明天赶快去洗。第二天夜晚父亲回来又问："怎的还有世人的气味？"她答道："还有你大孙儿的一条裤子没有洗。"父亲又叫快洗。第二天夜晚父亲回来，因为仍有世人的气味，骂道："为什么还有世人的气味？"她因无法隐瞒，只得实说道："你的女婿来了。"父亲说道："他既来此，何不请他出来见我？"她就放她丈夫出来。岳婿相见，寒暄之后，便一同吃饭，询问世上一切情形。他就一一地对答。一连数日。有一天夜饭后，岳丈叫女婿，一同出去打猎。他妻子听了，晓得父亲不怀好意。就急忙喊他到旁边说道："你同他去必要小心，到夜晚他睡的时候，他的两脚要靠在你身上的。现在我送你一段木头，等他睡着之后，你可把这木头垫在他的脚下，离开了他去睡，才不致受他的毒手。"当夜岳婿两人一同出去打猎，走到一个山顶上，时已三更。岳丈说道："我俩人就到此地睡罢。"岳丈就叫他到近岩壁的一边睡，旁边就是万丈岩壁，岳丈打算待女婿睡后，一脚要把他踢下岩壁送他的命。不料他自己却先睡着，女婿待他熟睡之后，就把那木头垫在他的脚下，另向一边去睡。岳丈一觉醒来，用力一脚踢去，以为女婿必被踢下去了。不料女婿仍在一旁，也睡醒了。那时天已明亮。岳丈就爬起身来说道："我俩回去。"女婿便跟着他一同回家去了。

第二天五更时候，岳丈就起来叫女婿道："今天你去到三个坳三个坡的地方，把所有的树木都给砍倒，今天定要完工，不然你就休怪我为岳丈的不客气！"女婿只得提着斧头闷闷不乐地走到那坡上去砍树。一直砍到他妻子送早饭来，还没有砍上三根。见了妻子哭道："我今休想活了！这么多这样大的树木叫我怎样砍得完？"妻子答道："请你不要害怕！我自有办法。且请快些吃饭。"只听他妻子口中念念有词，忽然间一阵狂风，把那三个坳三个坡的树木都吹断了。他一见转忧为喜。妻子嘱咐他道："你等到夜晚再回来！免得他起疑。"说罢提着饭箪回去了。他待到天色已黑，回到家来。岳丈问道："砍完了吗？"他便回答砍完了。岳丈也不多话，便一同喝酒，吃过夜饭便各自睡觉去了。

第三天，岳丈又早早起来，叫女婿道："今天你把昨天砍断的树木，一起烧完。"他就急忙起来，带了火把走到那里，就架起火来烧。不料树木都是生的，无法烧着；一直到他妻子送早饭来，还没有烧着一根。见了妻子又哭道："昨天蒙你相救，得免于死。今天恐是不免一死的了！"妻子答道："请你还是不要害怕！仍有办法。且请快些吃饭！"他一面吃着饭，又听妻子念念有词，忽然间又起了一阵火风把那三个坳三个坡的树木，烧得干干净净。他一见更是欢喜。妻子又嘱咐道："你还是要等夜了才可回来！"说罢，又提着饭箪去了。待到天色黑了，他又回来。岳丈问道："烧完了吗？"他又答称烧完了。岳丈仍不多话，便一同喝酒吃过夜饭，也是各自睡觉去了。

第四天，岳丈又早早起来，叫女婿道："今天你拿三石三斗三升的小米，到你烧的地方去撒，三个坳三个坡的地方都要撒到。"他又急忙起来，挑了三石三斗三升小米去到那里赶快就撒。撒了一早，还没有撒上十丈宽的地方。等到妻子送早饭来，还是对妻子啼哭。妻子还是叫他不要害怕，且快吃饭。妻子又念念有词，忽然间又是一阵狂风，把那三石三斗三升小米都吹撒在三个坡三个坳了。妻子又嘱咐他等到夜晚再回家。说完提着饭箪去了。及至天黑回家，岳丈又问："撒完了吗？"他便答称撒完。当夜无话，各自睡觉。

第五天，岳丈又早早起来，叫道："今天你把昨天所撒的小米完全拾来，不可少了一粒。"他又急忙起来，担着箩筐走去拾取小米。拾了一早晨还不到半升。心里非常忧虑，不觉啼哭起来。妻子又送饭来了，见他哭泣，知他又有为难，便对他说道："我有法子拾起来。"说罢仍是口中念念有词，忽然间来了千百鸟雀，替他啄食。不上两个时辰，就把三个坳三个坡地方的小米，都拾得干干净净。拾完了，各鸟都飞到箩筐里吐出。内中有一个小鸟拾得之后，就飞去了。妻子仍是嘱咐丈夫待晚回家，然后自己先返。及晚回到家里，岳丈又问："拾完了吗？"他又答称拾完了。岳丈就拿起升斗来量，却少了一些。便大发雷霆，骂道："你看少了我这些小米，该当何罪？"妻子在一边听了父亲发怒，急忙走来问父亲为什么发怒？父亲厉声道："你看他少了我这些小米。"女儿说道："请不要发怒！无论什么东西经过一撒一收，总要少掉一些，不可归罪于他。"父亲一想，倒也不错。便赦了女婿的罪。仍然吃酒吃饭各自睡觉。

第六天，岳丈又早早起来，叫女婿道："今天你再去到三个坳三个坡的地方，把所有竹子，都要砍倒下来！"他由睡梦中惊醒，听见吩咐，立刻起来，提着斧头走去砍那竹子，砍了一个早晨，还没有砍上五根。妻子又送饭来了。他流泪道："今天叫我怎能砍完这些竹子，恐仍不免一死。"妻子道："那么多的树木都砍完了，何愁这些竹子。"说罢便又念念有词，忽然一阵狂风，把那些竹子都吹断了。他又转忧为喜。妻子照旧嘱咐他待晚再返，先自回去。及夜他回到家里，岳丈又问："砍完了吗？"他照旧答称砍完，一宿无话。

第七天，岳丈又叫他把所砍的竹子，把竹头一律削尖，搬到某山的山顶上去。他只得又提着柴刀走去，削了又搬，搬了又削，一早晨也搬不上几根。妻子又送饭来，见丈夫哭泣，知道又有为难，只得安慰他几句，又口里念念有词，忽然又是一阵狂风吹起来把那些竹子都吹尖了头，一一吹到山顶去了。及至天黑回去，岳丈又问："搬完了吗？"他又答称搬完，一宿无话。

第八天，岳丈一早起来说道："今天我二人同去，我到山顶上把竹子丢下来。你在山脚下一一接着！"妻子听了，忙对丈夫说道："今天他又要谋害你了，须要小心！现在我送你马鞭一根，他丢来的时候，可拿着马鞭打着，且不可用手接。丢过了三根你可躲在一边，再不要答应他了。你回家的时候，还要比前几次迟一些。”他就一一记在心头，暗暗拿起马鞭，跟他岳丈去了。到了那里，岳丈就上山，从山上把竹子丢下来，他就用马鞭一打，化成一条小蛇去了。岳丈又丢第二根来，他又将马鞭一打，化成一只蜜蜂去了。岳丈又丢第三根来，他又将马鞭一打，化成一条鱼去了。他打了三根，就走到一边躲避去了。岳丈又丢第四根来，听得无人答应，心想必定死了。就赶忙地丢，丢到黑夜，把那些竹子都丢完了才回来。他在山下听见没有竹子丢了，想必岳丈已经回去，他也就回到家里。岳丈惊问道：“你没有死，怎么不答应我？”他答道：“我在山下接着竹子，因恐接不着，所以不得空答应你。”岳丈也没有话说，又一同吃酒吃饭，一宿无话。

第九天，岳丈又叫女婿道：“今天你去你外公屋里借个鼓来！”妻子听见了，即引他到没有人的地方说道：“你外公就是雷公，性子极暴，你到他屋里借鼓，不可问他，可私自扛来。他必来追你，现在我送你三样东西：一是一把凿子、二是一个梭子、三是一把针。若他追你将赶到的时候，可丢去一样。丢完这三样，你也回到屋里了。到屋的时候，你岳丈叫你轻轻放下，你却不要听他。可用力高高地一扔。”他一一记在心里，就飞跑着去了。到了雷公的家里，看见鼓放在堂屋，就背起来飞也似地跑了。雷公见鼓被人扛去，又不问他，立刻大怒，随后追去。差不多要赶上了，他就丢下一把凿子，化成一重岩壁，把雷公挡住。等雷公爬过那重岩壁，他已走远了。没有多久，雷公又快赶上了，他又丢下一个梭子，化成一条大河，把雷公阻住。等雷公渡过那条大河，他又去远了。没有多久，雷公又快追上了，他又丢下一把针，化成一丛很密的森林，把雷公阻住。没有跑多久，他又回到家里了。岳丈就叫他把鼓轻轻地放下。他到门口，用力高高地一扔，那鼓轰的一声响。好似打雷一般，把岳丈和外公的肚皮都震破了。后来他们夫妻儿女，就在天上过活了。

# 第三章

## 天鹅处女型故事母题分析

散居于世界各地的人们虽然生活习俗各不相同，但对于美好事物的喜爱却如出一辙，例如流传于各地民众口耳之间的天鹅处女型故事尽管形态各异，人物各样，但最主要的母题却是大同小异，又好像是从同一个人口里说出的一样。这类主要围绕男主人公如何寻找到异类的妻子，进而娶得妻子、失去妻子、追找妻子而讲述的故事，在漫长的讲述历程中发生了很多变异。这些变异是各地风土环境、人文文化等特点的展现，这些叠加在故事上的各地不同的印记的特点，在民间文学上被冠之为“地方性”、“变异性”。但是相比较变异性可以体现民间文学作品丰富性来说，民间文学的传统性则需要故事的稳定性来保证了。只有那些保留在不同民间故事中稳定传承的母题才使得民间文艺学家用类型分析归纳总结成千上万的民间故事作品成为可能。我们得以把数量众多的民间文学作品归纳为天鹅处女型故事就是源于此故。天鹅处女型故事的主要类型是以凡间男子如何得到异类妻子而展开情节。美国民俗学家斯蒂·汤普森就把天鹅处女型故事看做只是“寻找超自然的妻子”等类型中的一个母题，所以这个超自然的妻子可以是天上飞的天鹅、孔雀、大雁，可以是水里的龙公主、田螺、鱼、青蛙，也可以是陆地上的老虎、狐狸等，这些异类与人间男子邂逅，进而产生爱情，结婚，所以这类故事又可以扩大解读为民间故事中的异类婚故事中的一个亚型。分析这类故事的主要母题时，我们应该跳出万千形态的各类人物角色的限制，按照故事行进的主要情节母题，分为凡男窥浴寻妻、凡男婚后违禁失妻和凡男追妻见妻三个主要母题。

## 凡男窥浴寻妻

凡间男子偷窥仙女沐浴，寻找到来自异界的妻子是天鹅处女型故事最主要的母题，此母题主要表明的是凡间男子如何与异界仙女相识以及结合的方式。这一母题具体可分为三个次母题：

（一）异界的仙女化为鸟类或者是来自异界的鸟类变形为美貌的仙女来到人间在水边沐浴。

（二）人间的某位男子出于偶然机会或者得到某位神奇助手的帮助寻找到这位来自异界的正在沐浴的仙女。

（三）男子通过窃走仙女或鸟类的仙衣（羽毛）迫使这位来自异界的仙女留在人间与自己结为夫妻。

我国清水江流域凯里、西江一带的苗族民众中间流传的《牛郎织女故事》，很好地表现了天女沐浴与凡间男子成亲的母题。故事在最开始就用优美的文字描述了人间牛郎和天上织女的相遇相识。

很早很早以前，苗岭山麓有一位年轻的后生，他幼年就丧失了双亲，人们也不知道他叫什么名字，因为看见他和一头水牯牛相依为命，就叫他牛郎。牛郎为人忠厚，勤劳善良，大家都非常敬重他。牛郎家里贫寒，既没有田地可耕，也没有山林火种，只有和水牛一起，终年给财主干活，过着艰难的岁月。

有一天，水牛忽然开口对牛郎说："牛郎啊！你这么大了，应该成家了。"牛郎以为有人和他说话，左瞧右看，不见人影，好像是水牛说的，但是牛怎么会说话呢?！牛郎没有来得及多想，水牛又张嘴说道："是我在和你说话呐。告诉你吧，我不是一般的牛，而是神仙；我看你勤劳淳朴，特地来帮助你成家，过幸福的生活。"

牛郎看着说话的水牛，心里很惊疑。想起自己孤苦的生活，就含着泪对水牛说："……我的境况你是知道的，像我这样贫苦的人，谁会嫁给我呢?!"

"能干的双手可以创造财富，勤劳和勇敢是爱情的礼品。"水牛对牛郎说，并且把仙女们下凡游泳和织女钦慕人间生活的奇事都详细地对他说了。

牛郎按照水牛的指点，默默地来到清水江岸边的一个大湖边上，等待奇迹的出现。只见湖水接天，波光粼粼，鱼儿漫游，鸳鸯嬉戏；湖岸杨柳千万条，杜鹃花开火样红……在这醉人的山光水色中，牛郎躲在一簇鲜花底下，焦急地等待着。

午后，奇迹出现了：七个仙女手持羽扇从天而降，飘飘然下到湖边，解衣落裙，入湖游泳，她们或跃或踩，追逐娱乐。仙女们婀娜多姿、无忧无虑的情态，使牛郎惊呆了。许久，他才想起水牛的话来。

牛郎轻轻地走到仙女们放衣服的地方，把最小的仙女（那就是织女）的衣服收藏起来，然后“啊——嗬”一声，唱起了动听的飞歌：

晴空万里要有云彩作配才如画，

地里的庄稼要有雨水滋润才茁壮，

生活中要有爱情才诗意浓郁，

姑娘啊，你把最宝贵的礼品献给了谁？

充满深情的歌声，使仙女们听入了迷，当她们警悟到是后生在唱歌的时候，都含羞地奔到湖边，穿衣着裙，想飞上天去；可是，织女怎么也找不到自己的衣裙，只得又回到湖中，靠湖水遮掩着自己美丽的身体。这时，牛郎走出花丛，来到仙女们面前。仙女们见到凡间生人，都摇起羽扇往天空飞去了；只有织女羞羞答答地立在湖水当中。

牛郎对着织女唱起了“游方”歌：

苗岭山上的杉树是最笔直的了，

苗家地方的杜鹃花是最鲜红的了，

清水江河里的水是最澄洁的了，

亲爱的姑娘啊，

人世间你是最美丽的了。

宁静的湖水被你搅乱了，

欢乐的芦笙只愿为你歌唱了，

我这飞翔的心被你拴住了，

亲爱的姑娘啊，

你说我该怎么才好?!

织女柔声细语地说：“搅乱了的湖水，人走了会宁静；芦笙应该为人间的爱情而歌唱。如果我搅乱了哥哥的心思，那我走了哥哥就会安静了。请还我的衣裙羽扇，让我回家去吧。”牛郎说：“你既然有心到人间来，为什么还要回去呢？要我还妹妹的东西不难，只要妹妹答应……”“答应什么？”织女答道。“嫁给我。”牛郎说。织女红着脸说：“你是人间男，我是天上女，天上人间远相隔，哪有天上织女嫁到人间的道理？”牛郎对答道：

天上人间最宝贵的礼品不就是爱情吗？

爱情会给人们带来新的生命和幸福；

妹妹啊，因为爱你我跌倒、起来、又跌倒。

难道你就忍心辜负情人的无限忠诚?!

只要阿哥阿妹有情意，

哪管什么天上人间隔千里！

牛郎的委婉歌声，打开了织女的心扉；牛郎的诚朴浑厚的感情，使织女爱恋钦佩；人间的热烈生活使姑娘羡慕流连；她接受了牛郎的爱情。她满怀激情地唱了起来：

天上的星星印在地上的江河湖泊里，

哥哥的情意印在妹妹的心坎里，

天上人间的爱情凝结在劳动里，

牛郎啊，我们既有姻缘，

请你把织女带到你的新房里。

牛郎满心欢喜，跳跃着去把织女的衣物拿了来。这时他想到：如果织女穿起衣裙又飞走了怎么办？他犹疑起来。织女看透了他的心思，就对他说：“我能飞，主要靠那把羽扇，没有羽扇我就飞不了，你把羽扇收好就是。有了羽扇我就会情不自禁地飞起来!”牛郎把羽扇掩在心窝上，把衣裙还给了织女。

织女梳妆完毕，同牛郎结伴而行。他们到了村里，拜过村中老人，成了公认的夫妻，然后向牛郎的家走去。到家门口，牛郎停止脚步，他为难了：像这样的破屋，又无穿无盖，怎能容纳这天仙美女?!织女很了解牛郎的苦心，就安慰他说：“进屋去吧，草房不算丑，能遮风挡雨就好；至于穿的盖的，我都织好了，用不着你发愁。”牛郎叹息一声，牵上织女走进草屋。嗬！只见里面红床绣被，花衣罗帐，竹椅珠帘，香烟缭绕……牛郎惊呆了！很久才捧起织女的双手，深深地感谢她那精巧的手艺。

老牛指点

从民俗学角度来看，凡间男子窥看仙女沐浴进而与之成婚的母题不是先民的凭空想象，而是早期人类婚姻习俗的折射。异界的仙女化为鸟类或者来自异界的鸟类变形为美貌的仙女来到人间在水边沐浴，这个母题中有两个值得我们注意的地方，一是仙女／鸟类之间的转换，这种变形包含两种：一是鸟类化为仙女，二是仙女化为鸟类。从现在保存的作品来看，仙女化为鸟类来到人间要略早于鸟类化身为仙女的变形；二是来自异界的仙女脱去羽衣在水中沐浴。

故事中来自异界的仙女或者鸟类来到人间之后，在进入水中自由徜徉之前，先要经历一个身份转换，或者是仙女化为鸟类，或是鸟化为美女，为什么这些异界的人或者鸟在来到异界之后非得脱掉自己的羽衣才会到水里呢？这种脱衣变形有什么寓意呢？民俗学者认为不管是自动变形的鸟类，还是被动变形的仙女，这种变形都蕴涵着古代先民的万物有灵论的思想。古代民众认为世间万物都是有灵魂的个体，这些生命体之间灵魂息息相关，存在于个体之间的形式可以相互作用，相互转化。正因为如此，女鸟可以化为女郎，仙女可以化为白鹤。生活于水边的很多鸟类，例如天鹅、白鹤、孔雀、鸳鸯等鸟类，常常自由优雅地戏于水中，出水之后修长的两腿使其看起来亭亭玉立，飞到高空时又体态轻盈潇洒，这些美好的仪态很容易让那些文人骚客与人间的美女相提并论，并且这些鸟类对伴侣的忠贞更容易让人联想起自己的爱情，所以水边生活的这些鸟类便很自然地成为男女坚贞不渝的情爱象征。

钟敬文先生在《中国的天鹅处女型故事》中对此问题作了精辟的解释："我以为鸟兽脱弃羽毛或外皮而变成为人的原始思想，或许由虫类脱蜕的事实作根据而演绎成功的也未可知。我们故乡，有一个关于'人为什么会死'的解释神话。大意说，人类本来是没有'死'这回事的，到了老年，只要像虫类一般脱了一回皮（即蜕），便又回复少年了。后来，有某人，正在脱皮期间，误被媳妇所窥见（破坏了他的禁戒）。从这以后，人间便永远存在着死神了。这明明是应用虫类蜕化的事实到人类上面来的想法”[①]。脱衣变形类似虫类的蜕皮，不仅意味着先民了解生命周期的更新，更表明先民希冀人类生命可以拥有多种存在形式并且可以相互转换的美好愿望。通过这一转换，人鸟变形，使来自异界的生命体的存在形式发生变化，转化为可以被凡间男子接受的生命存在形式，男子在接触到这种来自异界的生命体之后进而被这种生命存在形式所吸引，因为这种生命的表现形式恰恰是被凡间男子所向往的。例如，女子貌美、行为聪明大方。

天女水边沐浴情节脱胎于上古时期的玄鸟神话。《竹书纪年》记：“高辛氏之世妃曰简狄，以春分玄鸟至之日，从帝祀郊禖，与其妹浴于玄丘之水，有玄鸟衔卵而坠之，五色甚好，二人竞取，覆以二筐，简狄先得而吞之，遂孕，胸剖而生契。”简狄吞卵生契的神话昭示了简狄在高禖祀之日在水边与男子交合而生子的故事，它是我国最早的玄鸟神话。

高禖祭祀是古代生产力水平低下时期，人们为了保证物种尤其是自己后代的正常繁衍而举行的一种祭祀仪式。在先民的观念中，他们认为世间万物都依赖于神的意志，天上的神灵各司其职，分工明确地掌控着人世间的生老病死。在诸多的神灵中他们认为万物的繁衍都得依靠高禖神的赐福，所以为了自己种族的延续和发展，这些氏族就选择一定的时间和地点来祭祀这位掌管爱情和生育的神灵。祭祀高禖的时间一般都选择在春暖花开时节，因为春天被认为是万物复苏、生机盎然的季节，

---

① 钟敬文：《中国的天鹅处女型故事》。

万物既然在此时节都可以恢复生机，孕育生命，那么这个时间自然也是人类繁衍的黄金时期。“仲春之月……玄鸟至，至之日，以大牢祠于高禖。天子亲往，后妃率九嫔御。”祭祀高禖的具体日期选择在春天时节玄鸟至之日，玄鸟即燕子，燕子是候鸟，春来秋去，待来年重返故地之时，产卵孵化，抚育幼雏。历法选择这一天祭祀高禖和玄鸟被视为嫁娶生子的象征有关，以致后来古代的媒官也把它看做自己身份的象征。

由于上古简狄吞卵生契神话的影响，以至于高禖祭祀的日期选择在玄鸟至之日，那么高禖祭祀的地点该如何选择呢？观察我国古代节日，我们会惊奇地发现我国传统节日尤其是那些表达男女情爱的节日地点大都会选择在水边，这一特点应该与我国古代先民在水边狂欢，在水边择偶嬉戏的习俗相联系。《诗经》中保存了大量相关题材的作品，《扬之水》、《溱洧》等都是展现青年男女在水畔嬉戏、择偶的情景。“溱与洧，方涣涣兮；士与女，方秉蕳兮。女曰‘欢乎？’士曰‘既且’，‘且往欢乎？洧之外，洵訏且乐。’维士与女，伊其将谑，赠之以芍药。”诗中用男女对话的形式表现了男女纷至洧水岸边，相互戏谑，进而行夫妻之事，临别之时再相互赠送芍药以结爱情的活动。这一习俗在后代一直被延续下来，进而发展成为三月初在水边行禊事的仪式，“郑国之俗，三月上巳，于溱洧两水之上，执兰招魂续魄，拂除不祥”。这些仪式都选择在水边进行，这与古人的“水”观念有极大关联。水是生命的源泉，世间万物的生长发育都离不开水，尤其是在农业社会，依靠老天爷吃饭的先民更是知道水对农作物生长的作用，一旦干旱，农业便颗粒无收，如果雨量充沛，人们获得大丰收，衣食无忧，所以人们非常了解水对农业丰收的重要性，所以古代民众异常珍视乃至崇拜水。人们把水可以带来生命的这种认识还带到了各种仪式当中。例如，新生儿的洗三仪式，婚礼前的沐浴仪式等都是这种认识的延伸。“水既是洁净的媒介，又是生命的维持者。因为水既象征着纯洁，又象征着新生命。”所以水边便是神圣仪式的首选之地。

钟敬文先生在其《中国的天鹅处女型故事》中对河边沐浴也作了分析。他广泛地列举了古代弗里季地方的女子在结婚之前到河里去洗澡以及希腊、印度等欧罗巴民族相似的习俗说明这种洗澡沐浴的行为“暗示着净化的目的”，带有“除秽”一类的宗教意味。这些女子或者鸟类从水中沐浴而出，不仅可以变形，化为异类，而且从圣洁的水中沐浴而出，起到献贞或净化的作用，使自己也可以变得圣洁起来。

我国南方因为有广阔的水域，所以水边生活的鸟类便很自然地成为天鹅处女型故事来自异界的美女的首要置换对象。相对于南方丰富的水资源、美丽的水边天鹅，我国北方在这些自然资源方面便相形见绌。但是人类的想象是同样丰富的，人们根据自己的生活条件，因地制宜地产生出与本地生活密切关联的故事。例如，流传于山东平度地区的《三寸金莲》故事就把天鹅转化为本地人熟悉的鸡，并且极具仿生学地解释了我国古代女子为何裹小脚的原因：

据说，南唐时，有这么一个疃，发生一件怪事：每天傍晚，就有个鸡在疃西头河边匀匀打鸣。疃里的人都听见。以后村里的人就查拉兑钱在疃西头修座庙。庙里头塑个鸡像，有烧香的，就有充神的，这就说是——鸡神。

住些年，这个鸡神打够鸣了，趁着月色常脱羽毛下河洗澡。晚了，就勾勾声，有时也不勾勾声。

这天，它又下河洗澡。疃里有个老头起早去拾粪。走到这，一看河边有堆锃亮的花鸡毛。这是谁家的鸡叫黄鼠狼吃了？才拾起来一看，焦急了，这身羽毛叫人拿去还了得，“呱”地一声，老头这么顺声一望，一只光溜溜的肉鸡在河里洗澡，惊得就大声吆喝：“抓鸡妖啊，抓鸡妖啊。”老头这一吆喝，鸡神跳上来，撒腿就跑，也顾不上穿衣裳了，边跑边回头看它的羽衣，这怎么回庙？光溜溜的。急中生智一抖擞，变个大闺女，通红的嘴唇儿，水灵灵的眼儿，双眼点皮的桃花面，可就扎撒一双鸡爪子，这哪么办？它想个法子，用一流绸子布把脚缠缠，包成个尖尖脚。不能回庙，就扭扭扎扎地上城。

说也巧，上城，正好碰上京里下来人选美，给皇帝选妃子，一下子选京去了。进京见皇帝，皇帝看好了，美人美人。皇帝三宫六院七十二妃，那个也赶不上她。鸡神会唱歌又会跳舞，迷得皇上赶快举行婚礼。

宫里宫外,文武大臣,这就一齐操办。吹手喇叭，旗锣伞扇，三十六人大轿，宫娥侍女，呼呼隆隆举行婚礼入洞房。

瞎黑上床，皇上一看美人是一双尖尖脚，就问：“美人为何尖尖脚?”

鸡神就说：“男要粗，女要巧，小脚轻巧美又娇，俺娘从小为俺把小脚包，莲花步儿轻飘飘。”

皇上听了喜上眉梢，说：“美人，走给皇上看看。”美人起来扭扭扎扎走给皇上看。皇上一看，说：“文雅，文雅。”

美人一心思，皇上说好，天下的人笑怎么办？就道皇上说："皇上，小脚儿文雅，何不叫天下女人都包小脚呢？"

皇上说："好，孤王明日就降旨，天下女人都包小脚。"

鸡神会跳舞是它的本能，进宫后越发跳得好，能站在莲花瓣上跳，皇上一高兴，就封"三寸金莲。"

从此，天下女人开始包脚。

## 婚后违禁失妻

禁忌的观念和民俗是伴随人类一同出现的。在人类社会伊始，生产力和认识水平极端低下，由此产生了自然崇拜，由崇拜必生恐惧，有恐惧则惧罹祸害；为避祸害，必成禁忌。这种由于对自然物、自然力的崇拜敬畏与恐惧，而自觉不自觉地恪守一些禁忌，祈望通过这种自我约束的信仰形式，把自然界种种"异己"的力量，转化成"顺己"、"助己"的力量，获得神灵的恩赐和避免惩罚，从而形成了最早的禁忌习俗①。早在1929年世界书局出版的《童话学ABC》中，赵景深就依据英国学者哈特兰德的研究成果指出："天鹅处女的童话是表现禁忌的。"我国现代民俗学家汪玢玲教授也指出："在故事中，鹤女在拔掉自己的羽毛织锦时，不许人看，这就是禁忌。被戒者违反了禁忌，她再就不能以人的形象留在人间。雁姑娘因为丈夫违反禁忌，委地复变为雁，无论她怎样思念自己的儿女也不能回来，忍不住回来看望一次，便触地而死，她是以自己的生命为代价的。"

---

① 万建中：《中国民间禁忌风俗》，1页，北京，中国电影出版社，2005。

禁忌观念的产生，客观上必然要求人们严格地遵守禁忌，这些禁忌要求一旦被有意或者无意打破，必然会带来惩罚。所以万建中教授在其著作《中国民间禁忌风俗》中指出，理解禁忌的基本特征有三个相互关联的关键之点：（1）禁忌是一种否定性的行为规范。在常态下，禁忌是一种无外在行为表现的心意民俗形态。禁忌是心意上的、精神上的东西。这种“禁止的”和“抑制的”行为，在外观形态上通常也是无所表现的，也就是看不见的。（2）既然禁忌是一种社会心理层面上的民俗信仰，那么违禁所造成的不幸就是停留在心理层面上的，或者说是精神的。弗雷泽说：“如果那个设想的不幸必然要跟随犯禁而到来，那么，禁忌也就不成为禁忌，而是一种劝人行善的箴言或一种普遍的常识了。”禁忌是不讲道理的，某种语言、某种行为或接触某种人、物与人们认为要降临的恶果之间根本就没有任何直接的联系。（3）然而，禁忌的处罚又是不可抗拒的。否则，禁忌就失去了威慑力，也就不复存在了。破坏禁忌所遭受的惩罚由精神上的或当事人自发的内心力量来实行。禁忌母题包含三个永恒不变的情节单元：设禁—违禁—惩处。民间故事中一旦设立某种禁忌，则在后面的情节单元中，必然会有某人打破这种禁忌，使得故事情节继续向前推进，否则故事则会停滞不前，无法继续讲述下去。流行在山东平度地区的《懒哥看好狐妹》就是一则典型的故事：

这个人出名的叫懒汉。他疃头上有块地。他上那块地去修理地。那块地在一条沟里，人提起，都说懒汉沟。你上哪？上懒汉沟。因为懒汉有块地在那里。

懒汉到地不干活。那沟底有块厦岩，厦岩下有个洞，有窝狐狸在那里边。狐狸会仙晃人。他在一旁望，这个狐狸出来，麻撒麻撒，管那也没有人，它没望见他，躺下打个滚变化了，它把张狐狸皮脱下来了，就如穿两件衣裳一样，脱下来了。这是个母狐，仙晃个闺女，出门找着要去了。

走了。他望见门气了，走过去，沟里有个沙窝滩，狐狸就把皮埋在沙里。他下去扒扒，把张皮含去了，含着来了家。他也不知是揣在怀里也不知是束在腰里。狐狸它要够回来了，一看张皮没有了，抬着头好省一麻撒，看见他，就过来，道："大哥，你在这?"猜算没有旁人，这东西也有点道行，它知道些啊，就是他，道："大哥，有点东西你给我拾来了?"他说他没含。狐狸说，就是你含来了，不用说，你给我含这个东西，我回不去啊！俺爹爹妈妈不肯啊！要不，我跟你去吧，我跟你去过日子。他就领着回了家。

来家，他就瞅着它不看见的时候，门旁有块大石头，许多人家门旁弄块大石头，好坐坐什么的。把大石头掀掀、搬搬，一下压在那石头底下去了。它在他家住一年至三年，生孩子了。生孩子了？想起来它就要它的袄。咳！说，你不要不给我，仍旧有孩子了，我在这过日子，你不要和我两心两意了，仍旧我在这过日子。想起来它就要，想起来它就要。他心思赶准儿也烂了。它就问，你说你把我那件东西稳哪去了？净说好话。他就说，我拿给你看看吧，赶准儿也烂了。"你稳在哪儿?"他说我搬起这石头。说着就把这块石使劲一搬，抽出来了。这张皮吧，边来捎去的都烂了，就剩巴掌大那么点东西了，到底烂了。烂了？它一看，是这件东西。把块石头搬倒，就拿这点东西溜地托着转，转，越转，这件东西越大，转一周遭，原来他拿来什么样还是什么样，它有那么个法术。

有一天，男人上山，它在家，扑簌扑簌，躺上去打个滚儿，穿着这件东西走了，披着这张皮就值得回去。

街上门子口的人就说，懒汉弄个老婆，在这住一二年爬扯起来走了。有人就问：“是啊？你弄个老婆是狐仙晃的，又走了？”说：“可本是那么地。”“走了，你不好去找她？”街坊这么一说，心思，可也对啊，我去其。

去了，站在门口骂。出来个老头问：“你骂什么？骂谁？”“骂谁？骂俺老婆骂谁！她爬起来走了，家有孩子。”老头说：“你来看看，哪个是你老婆，我家去叫出来你看看。”出来了，七个，模样一样，穿的衣裳也一样。“你看哪个是？”不认的，一个不认的，不认的。不能说这个是、那个是的。“不认待。”“不认待你骂？回去吧！”呼隆呼隆都回去了。

家去就说，我去了叫我认，出来七个，叫我认，我也不认的，我又回来了。人家都走了。人多，总有心眼多的，说这么样，你这把去，把孩子抱着，把孩子抱着去骂，你骂，它就出来了，照样一事，又是那么一遍。问：“你认的哪个是你老婆？”又叫出来了。他说，我真也不认的哪个是他妈妈。管它哪个是，这个小孩不能拉扯，我只管守他妈妈跟前摔死吧，把孩子往头顶一举，才待往下这么一落，这个，嗖身过去了。过去，它着急。说：“就是它。”这就领家去，过一辈子日子。老头话诮话诮，说：“走吧，领走吧。”

由于故事讲述发生在北方的山东，因此故事的主人公由南方栖水而居的天鹅变成为山东平度人（此地有非常浓厚的狐仙崇拜）熟悉的狐狸，天鹅羽衣也变成了狐狸皮，母狐狸像脱衣服似的把皮脱下埋在沟里的沙窝滩，变成一个大闺女去耍，懒汉发现狐狸皮之后将其揣在怀里或者束在腰里，这一行为与天鹅处女型故事中男子窃取仙女的衣服类似，都是迫使狐狸就范的手段，它切断了狐狸恢复本体面貌的路径，母狐只好暂时留存在人间世界，以大闺女的女子形象展现于世人，并且答应做他的妻子，为他生育儿女。故事还有一个禁忌是狐狸皮绝对不能再次被狐狸获得，否则它会凭此重回自己的狐界。但是故事的设置往往是狐狸无意中知晓了狐狸皮的藏匿之处，狐狸披着狐狸皮，从人恢复到兽类，兽性大发，它撇下儿女及男子重新回到自己的世界。表面上，设禁是异类为了掩饰自己的弱点，同时保持自己的“神”性不致为人类并能够长久滞留于人间的“俗”性所浸染。而在更深的层次上，设禁既表明异类欲借助超自然控制人类的企图，又折射出异类对人、异类之间无法调和的矛盾有了清醒的认识（实际反映了人类自身的认识水平）。在这里，设禁实为超自然力控制人类言行的隐喻，而禁忌对象则为双方都已理解的象征符号[1]。

天鹅处女型故事中禁忌的破坏还有一种是丈夫嬉笑之中充满鄙视地泄露异界妻子的身份。原则上妻子的异类身份应该是凡间男子和异界妻子共同遵守的一个秘密，这个秘密只要公之于众，哪怕是把妻子身份暴露于自己的孩子，也会遭受惩处。流行于我国台湾地区的《蚬姑娘》就是这样一则故事：

有个穷农夫，没有钱娶妻，过着独身的生活。他家有一只祖先时代就传下来的老蚬。一日，这只蚬里化出来一个美女，

---

① 万建中：《一场关于人与自然关系的深刻对话》，北京师范大学学报（人文社会科学版），2000（6）。

趁农夫去耕作不在的时候，就替他炊好了饭，洗好了衣服。农夫回家，当然不知其理由，心里感觉很奇怪。这样过了一连几天，农夫要知究竟，有一天就假装着去耕作，却躲在屋后窥视。看到了蚬从水缸里爬出来，并变出一个美女。农夫就赶快将蚬壳藏匿怀中，且向那个美女要求做他的妻子，美女不得已答应了，以后生了几个孩子。

一日农夫不慎，竟对孩子说出母亲是蚬变的，孩子也就问母亲有没有这种事。以后母亲就去责问丈夫说："你怎么知道我是蚬怪呢?"丈夫一被她这样追问就答说："当然知道的。"说着就将平日很要紧的匿藏于怀中的蚬壳拿出来给她看。她一看到蚬壳，就趁丈夫不注意时，夺了回去，又复变回了从前的一只蚬，走入水缸去了。

丈夫对孩子说出母亲的秘密，这些来自异界的母亲于是愤怒或者悲伤地离去。流行于我国浙江衢州的《螺蛳精》，故事最后讲到：

孩子长到七八岁时，送到学堂去读书。学堂里一班学生晓得这孩子的娘是螺蛳精变的，就取笑他说："叮叮叮，你娘螺蛳精！笃笃笃，你娘螺蛳壳。"孩子被人取笑，十分委屈，哭着回家同娘讲。娘宽慰他说："不要理他们。"李文听了，却同老婆开玩笑地对儿子说："是的，你娘是螺蛳精。"说着，还把藏了多年的螺蛳壳拿出来给儿子看。老婆见了，一把抢了过去，往头上一罩，重又变成了一个螺蛳。

丈夫说出妻子的本质身份，表面上是说破了妻子身份的禁忌，实际表现的是人类对这些异类妻子的轻视与厌恶，因此故事中妻子面对其他人的讥讽可以忽视不计，但是面对丈夫的玩笑之词却难以释怀，这种鲜明的对比说明来自异界的仙女无法承受自己丈夫对自己身份的厌恶与歧视，这些凡间男子在意识深处没有淡忘他们妻子的禽兽本质，他们也很难对她们平等对待，更难以谈到敬畏与崇拜。这其实也反映了人与自然的关系。此阶段的故事表示人已经逐渐摆脱人低于神或者自然的状况。人在与自然的斗争中逐渐战胜并控制自然，是人对自我逐渐正确认识的见证。

天鹅处女型故事包含了两个禁忌母题。其一，仙女或者鸟类的衣服或者羽毛不能被凡人触摸，这些羽衣一旦被凡间男子触摸，来自异界的这些仙女或者鸟类就只能滞留人间；其二，被凡间男子藏匿的羽衣不能被仙女再次接触，否则这些仙女会凭借这些被发现的羽衣再次离开人间，重返异界。

七妹子名叫朱尔帕，她跟朱拉姆里王子成家后生了一个儿子名叫贾雷。贾雷长到一岁时昼夜啼哭不停，妈妈的奶是够吃的，不知究竟是什么原因。朱拉姆里决定到外面去闯闯运气，便对妻子说："亲爱的，请你好好照护孩子，我给孩子找到好吃的就回来。"妻子点头："好吧，你可不要在外面待得太久，否则我在家就没伴了。"朱拉姆里又转向孩子说："别哭了，乖儿子，我要到很远很远的地方去，攒够了财宝就回来。"

朱拉姆里走后，孩子还是哭个不停，而且小手老是指着厨房。妈妈以为孩子饿了，便从厨房拿来吃的，孩子不吃，仍然指着厨房。妈妈感到奇怪，便抱孩子进了厨房，孩子又指着炉灶。结果妈妈在炉灶里发现了自己失去的那件羽衣，可惜已损坏不堪了。没有想到，孩子一见着羽衣就不哭了，而且非常高兴。仙女马上把羽衣带回屋里修补。

羽衣补好了，她带孩子走出门外下了台阶，然后穿上羽衣试飞，练了好长时间已能飞得很高了。最后，她给孩子留下一个戒指，说道："我是多么真心地爱你和你的爸爸呀，但是我必须飞回天宫去，告诉你爸爸随后一定来找我。"她飞了三米高，又回到孩子身边吻了吻孩子，孩子笑了。接着，她飞了七米高，又第二次回来亲了亲孩子。直到第三次，她才远走高飞没回头。

此则故事中朱拉姆里并没有违反禁忌，相反是仙女所生的儿子指引自己的母亲找到了可以帮助仙女重返天宫的羽衣。故事中仙女朱尔帕也非常留恋自己的凡人丈夫和儿子，但是一旦发现可以帮助自己重回父母身边的仙衣还是义无反顾地抛弃丈夫和孩子重返异界，尽管她在离开时嘱咐他们父子日后一定要到异界寻找自己。这些情节被民俗学家解读为女性对于从妻居转向从夫居，从母权制转向父权制的抗拒心态，这些实际上是婚姻制度和习俗经历重要变革在口头创作中留下的印记[1]。并且在这种故事中，来自异界的仙女已经适应了人间的生活，只是外面的世界不允许她主动滞留人间，这也反映了婚姻生活中从夫居正在逐渐适应并且取代从妻居的实际情况。可以说，这里的仙女重返天庭是对王子违禁拿走仙女衣物，迫使她留存人间做妻子行为的一种补充解释，这种被迫分离的情节是民间故事讲述者的逻辑思维展现，他会让我们懂得世间万物存在着因果报应，而绝不会有有因无果或者有果无因的事情存在。

---

① 刘守华：《纵横交错的文化交流网络中的〈召树屯〉》，民族文学研究，1990。

## 凡男追寻妻子

据民间文学研究者研究，天鹅处女型故事在最初的人鸟结合神话基础上，各地民众在口头传承中不断结合各民族的风土人情与生活习俗，并适应时代特色，扩充和演变为各种各样的天鹅处女型故事亚型。其中有一类故事把讲述重点放在仙女寻找到仙衣重返天庭之后，其留在人间的孩子历经千辛万苦上天入地，寻找仙女，希冀母子团圆。可以说，寻找母亲成为故事讲述的重点，这种故事被刘守华教授命名为“鸟仔寻母型”。故事内容有的颂扬天女之子在人间的不平凡业绩，如《田章》，有的表现仙女之子寻找母亲经历的各种痛苦，故事中洋溢着深厚的母子之情，如《七星仙女》：

许多年前，有一位德性很好的穷农夫。天帝可怜了他，便问七星仙女，哪一位肯下凡给他做妻子。答应了这命令的，是她们中间最小的一位。仙女到人间做了农夫的妻子，他们的家境，便渐渐富裕起来。不久，又生下一个儿子。三年期满，她便离开丈夫和儿子回天上去了。儿子稍大时（十余岁），入塾跟从了有名的术数家鬼谷子读书。他常常悲哭自己没有母亲。后来鬼谷子指示他会见母亲的方法，道：某天到某山中去，那边有小溪。在正午时有七只白鹤飞下来洗澡，那便是七星仙女。他要先躲着，等她们洗澡要飞去的时候，向那羽毛略松的白鹤叫“母亲”，她便会现出真形（一个美丽的仙女）相见。并郑重吩咐他不要说出是自己教他这样做的。儿子照了先生的话去做，果然和生身的母亲快乐的相会。天女临去时，给了他一些宝物，并嘱他带了一个葫芦去送给先生（鬼谷子）。儿子回时，把葫芦掷进先生房中。这一来，把他推算天上事情的书籍都烧光了（从此世上无人更能晓得仙人们的事）。现在七星的末一颗，比较没有光彩，便为的是她曾经下凡做过母亲的缘故。[1]

故事还有一种亚型主要讲述的是仙女飞走之后，丈夫着力追寻妻子，直至夫妻团聚的经过，这种可以称为“丈夫寻妻型”。这种故事以表现男女主人公对爱情强烈而持久的追求以及对来自家庭的阻挠迫害所进行的坚决抗争，深深地吸引着各族民众，成为广大青年男女爱情婚姻生活与心理的象征[2]。例如，苗族民间传说《牛郎织女的故事》就很好地表现了牛郎追寻妻子到天上后，织女和牛郎一起齐心协力战胜天公，然后一起重返人间幸福生活的故事。

织女惊喜欲狂，飞奔出来，把他们迎进宫里去。众仙女听说是人间来客，都赶拢来看热闹；天母看到女婿和外甥，从心眼里高兴，越看越想看；只有天公态度冷淡，他觉得一个天仙嫁给一个凡间农夫，已经很不光彩，现在这个农夫竟然来到天上，同织女过起夫妻生活来，岂不辱没天宫！天公心里翻腾着各种诡计，要害牛郎。

不久，天公对天母说：“老糊涂，我们的织女简直发疯了，找的什么丈夫啊！整天就会干活，一身土腥味，快想法赶他走！”天母说：“你这才是老糊涂呢，牛郎哪点不好？他长得英

---

① 钟敬文：《中国的天鹅处女型故事》。

② 刘守华：《“羽衣仙女”故事的中国原型及其世界影响》，湖北民族学院学报（社会科学版），1997（2）。

俊，又勤快，哪点儿配不上我们的织女？你没看见他们夫妻多恩爱吗，要送就送他们全家走。牛郎就是来接织女的，织女也很留恋人间生活……”天公想：真是妇道人家见识！“丈母娘看女婿，越看越有趣”，一点不假，不必跟她商量，还是自己想办法吧！反正不能同凡人攀亲，一定要拆散他们。

天公绞尽脑汁，想出了许多迫害牛郎的计策。一次，他对牛郎说：“你来很久了，应该出去看看，明天我带你去赶场，场上很热闹哩！”晚上，牛郎把这事对织女说了，织女知道这是要使牛郎迷路、永远回不来的一招，便把对付的办法告诉了牛郎。

天一亮，牛郎就跟着天公出发了，凡有岔路的地方，他都丢下一根鸡毛，究竟有多少岔路，谁也数不清。到了闹市上，人山人海，天公挤在人多的地方，抛开牛郎，一个人先溜回家，叫人大摆筵席，庆祝他赶场归来。牛郎看天公已先回家，自已在场上转悠看够，也从原路回来。每到一个岔路口，都有一只大公鸡给他报告，他很顺利地回到织女身边。天公见牛郎也回来了，心里很不是滋味，但表面上假惺惺地说：“场上人多，找不见你，我就回来了；你回来了就好，这是为你而办的筵席，请……请。”牛郎毫不客气，美美地饱吃了一餐。

赶场一招没有把牛郎丢掉，天公又想了别的坏主意。春夏之交，正是便于剥树皮的伐木季节，天公要牛郎同去砍杉木。牛郎问织女该怎么办，织女把一匹布交给他，让他包在头上，说：“到时自有用处。”

第二天，牛郎跟天公来到山上，找到一株又高又大的杉树，天公对牛郎说：“我们砍杉树要先剥皮，这种办法既好剥又不损坏树皮，你年轻有力，爬在树上剥，我搭着梯子剥下面一段，剥完皮再砍。”牛郎照办了，爬到高而又高的树上剥树皮，到天黑时才剥到天公架着梯子剥皮的那节。天公剥完下一段树皮，把梯子抽掉，先溜回家去了，牛郎在树上下不来，因为刚剥了皮的杉树是很滑的，抓不住，树大又抱不拢，牛郎这才知道天公是想让他摔死或者饿死。牛郎想起织女给他的那匹布，就把一头结在树枝上，顺着布下到地上来，然后回到天宫织女家。天公见了气得扯肠绞心，无可奈何。牛郎看到这匹布很有用，就一直把它包在头上。据说现在苗族男人的包头帕，就是从那时传下来的。

剥树皮一招又没有把牛郎治住，天公又想出了更毒的办法，他要牛郎同去烧山栏，妄想借烈火烧死牛郎。牛郎问织女该怎么办，织女叫牛郎捉来一只大螃蟹，放在水葫芦里。让他背着葫芦、砍刀，跟天公上山。到了砍山栏的地方，天公叫牛郎到山坡上从上往下烧，当牛郎走到半坡时，凶恶的天公就从山下放起火来，妄想借熊熊烈火把牛郎烧成灰烬。牛郎不慌不忙，先从自己跟前点火烧起，然后从葫芦里放出螃蟹，命令它赶快挖好水池子；牛郎跳在水池子里，看着那漫天烈火熄灭后才回去。天公见牛郎又平安地回家，气愤极了，但他知道了地上凡人的本事，欺侮不得，只好表面上对牛郎假献殷勤。

虽说天公对牛郎献起殷勤来，但那是“黄鼠狼给鸡拜年不安好心”。每当牛郎提出要把织女带回人间去时，这位天公总是多方搪塞，还散布流言，离间牛郎织女的感情，但都没有得逞。天长日久，牛郎和织女的恩爱更深厚了。不久他们美丽的女儿在天上诞生了。

天公大摆酒宴，说是为了庆祝外甥女的诞生，也为了给他们全家饯行——天公允许牛郎织女回人间了。大家举杯把盏，尽情吃喝，歌声笑语，热闹非凡。酒至半酣，天公手提酒壶，亲酌大碗米酒，捧到牛郎面前，要他干杯；牛郎接过酒碗，一饮而尽。随着就头晕目眩，摇摆不定，最后倒在桌旁：牛郎死了！啊，无心人难防有心人，喜庆日谁料中毒计！原来天公在酒里放了毒药。

毒酒害婿，惊散了席上客人；喜中丧夫，哭煞了天仙织女。天公却还假装厚道，要给牛郎火葬。织女坚持要按人间的风俗送殡，天公无法只得答应。

织女把牛郎盛在杉木棺内，不加盖，在棺的前头放着一只大公鸡，然后把棺木放在河里，任它自由漂流。公鸡依照织女的吩咐，“哦！哦！哦！”地唱起来：“兄弟们哪，快来取药吧！兄弟们哪，快来取药吧！”花蛇听见了，飞跑来吸取牛郎身上的毒药；鱼儿听见了，也跃进棺木里吸取牛郎身上的毒药。毒药吸尽了，牛郎苏醒了，牛郎活转来了。只是花蛇的牙齿中毒了，鱼儿的胆变成苦的了。

牛郎又回到天宫织女家里，他对天公说：“你的计谋，全失败了！你该让我把织女接走了吧?!”这一次，凶暴的天公原形毕露了，他面目狰狞，张牙舞爪，扑向牛郎。说时迟，那时快，牛郎的儿子举起弹弓，一弹打在天公的左眼上，又一弹打在右眼上，打得天公这个老顽固眼珠迸裂，哼哼直叫，毫无办法。传说天公那碎裂的眼珠，变成了满天的星斗；哼哼的叫唤，变成了隆隆的雷声。

天公屈服了，他一点办法也没有，真正是搬起石头砸自己的脚，起心害人终害己！现在，一切都由天母来安排了，她答应牛郎织女一家回到人间。可是，怎么回去呢？能飞的只有织女，水牛又早己回到地上了。从天上跳到地上，那是要粉身碎骨的啊！织女的姐妹们想出了办法：用金线银线搓成绳子，绑住大铜鼓的两只耳朵，牛郎织女一家坐在铜鼓里面，到了地上用鼓声通知天上的织女们，她们再放下绳子。

就这样，牛郎织女一家又回到了人间，过着幸福的生活。

还有的传说故事表现的是仙女遗弃在人间的丈夫和孩子，丈夫和孩子又一起到异界寻找妻子、母亲的经历，讲述内容重点是讲父子二人如何齐心协力，共同战胜困难，然后和妻子、母亲团聚。这种叙事从情理上讲，更入情入理，也更容易引起听众的情感共鸣。从民俗学分析考察，这种父子共同作战，战胜外公等母系家族代表，更适应从夫居的婚姻制度。菲律宾民间传说《七仙女》就是这一情节的典型代表。

于是，王子随身揣了七个鸡蛋和七个用椰子叶包起来的米团，就带着孩子找七妹子去了。他们越过了七座山、七个平原、七条河，孩子已长到七岁了。最后来到一个广阔的平原，四下没有人迹，只有许多漂亮的小鸟，父子二人便在这里停了下来。贾雷见这儿太美了，问爸爸这是什么地方，“也许这儿就是妈妈的家吧，如果妈妈另嫁人了我们怎么办呀?”朱拉姆里答道：“不会的，我们一定要有耐心。我相信你妈爱你，她不会跟别人结婚的。”

他们又起身继续寻找，忽然听到有汲水的声音。贾雷说：“我想妈妈就在这儿。”朱拉姆里赶紧带着儿子找到了泉水边，碰见一个漂亮的侍女，头上顶了个盛水的金坛子。贾雷向姑娘要水喝。侍女不让他喝坛子里的水，说这水是给朱尔帕公主洗澡用的，公主就要当新娘了。孩子求道："我太渴了，请给我一点儿水喝吧!"侍女同情了，让他快从坛子里取水喝。孩子趁机悄悄地将妈妈给他的那个戒指放进坛子里去，然后说了声："谢谢!"

侍女请父子俩去参加公主的婚礼，他们跟着侍女来到新娘住的地方。侍女把水提进去供新娘洗澡用。当祭司住持洗礼时，戒指随着坛子里的水倒了出来，落在新娘的腰间，新娘一看，认出这就是她给儿子贾雷的那个戒指，顿时哭了起来。祭司问公主这是怎么回事？公主说："不要给我洗澡了，我不想结婚了。"

正在这个当儿，外面传来人声。说是来了两个陌生人，看来不像是天上的人。打水的那个侍女立刻对公主说："亲爱的公主，是我带他们来参加婚礼的，他们是尘世间的人。"公主吩咐好好款待这两个陌生人。父子俩吃完饭便去找那个在泉水边认识的侍女，朱拉姆里对他说："请告诉新郎的父母，不要举行婚礼了。"

侍女随即向七仙女的母亲禀报，说："公主对我讲不愿意举行婚礼，这事要马上通知新郎的父母。"

母亲问："为什么？难道她变了心？"便亲自去找公主，公主说："我心里好担忧啊，我已在尘世结过婚，生下一个儿子，回来时孩子很小，现在该有七岁了。我留给他一个戒指，刚才举行洗澡礼时，那只戒指从坛子里落下，又回到我身边。"

母亲说："没关系，那事早已过去了，婚礼还得继续进行。"公主说："妈妈，我不想再跟任何人结婚了。"母亲生气道:“那可不行，我的女儿，得听我的。”

当公主看到新郎的父母已经在屋里等着婚礼开始时，不禁大哭起来。

举行婚礼的时间到了，贾雷上楼看到新娘和新郎，便认出新娘就是自己的母亲，立即走到母亲身边，叫道:“妈妈！我们跟你团圆来了！”屋里的人大吃一惊。朱尔帕公主说:“我的乖孩子，你跟谁一起来的?”贾雷答道:“我跟爸爸一起长途跋涉来的。”

有人出来说话了:“快叫这孩子走开，别让他打扰新娘了。”这时，朱拉姆里王子走进来，指着孩子和公主说:“我是孩子的父亲，公主是我的妻子。”

一个长老走出来问众人:“现在我们怎么办呢？得赶快作出决断，促成这门婚事。”

朱拉姆里说:“我出个主意，就让这件事通过决斗来解决吧。我向这个想娶我妻子的人挑战，公主归胜者。”

新郎的父母别无办法只好同意，回答说:“就让两人决斗来争公主吧！”于是，在场的首领给二人一人一把波纹短剑，并宣布:“开始吧，你们谁胜了公主归谁。”

两个对手决斗了。他们拼刺了好几个小时，最后那个想结婚的男人输了。

公主的父亲把朱尔帕和朱拉姆里拉在一起，重新举行了隆重的婚礼。从此，小两口过着幸福美满的生活。[1]

① 《七仙女》，炽文，吴超译，（菲律宾）棉兰老岛艺术和文化。

# 第四章

# 天鹅处女型故事的分类

## 名家论天鹅处女型故事的分类

任何优美的故事传说如果只是被民众千秋万代地讲述，而没有引起任何学者关注研究的话，那么它也只能像土地里荒废的种子，虽然可以发芽结果，却很难长成参天大树。天鹅处女型故事是民间故事中非常幸运的一颗种子，因为民间文学研究者从一开始就关注这类故事的形态发展变化，并且对它的关注持续不断，乃至现在还有很多学者在它身上花费心血。此类故事发展历史久远，其间形态不断随着地域、时间的不同而相异，各位研究者各显其能，试图对天鹅处女型故事作出最真实、最满意的解释。

### （一）哈特兰德

钟敬文先生在《中国的天鹅处女型故事》中介绍哈特兰德对天鹅处女型故事的分类成果，他指出哈特兰德博士在各地流传的形态基础上把它归纳为下列六式：

(1) 海生式;

(2) 平阳侯式;

(3) 海豹女郎式;

(4) 星女儿式;

(5) 梅露西妮式;

(6) 梦魇式。

钟先生在引用完这则材料之后,随即指出“这里各式相互间颇现着高度的异态,甚至于有令我们诧异或怀疑它们原来是同属于一个类型的”。

### (二) 西村真次

西村真次教授在总结分析50多篇故事的基础上认为故事的本来形态应该是:

(1) 天鹅脱了羽衣,变为天女(人之女性)而沐浴;

(2) 男人(主要的,为猎师或渔夫)盗匿羽衣,迫使天女与之结婚;

(3) 结婚后,生产若干儿女;

(4) 生产儿女之后,夫妇间破裂,天女升天;

(5) 破裂原因,即由于发现了“在前”为“结婚原因”的被藏匿的羽衣。

西村教授提示我们,现在各地流传的“五花八门”的形态,是从这“基本型”分化、加减而成的。[1]

### (三) 钟敬文

钟敬文教授在《中国的天鹅处女型故事》中列举我国境内

---

① 钟敬文:《中国的天鹅处女型故事》。

流传的天鹅处女型故事，将此类故事分为四类：

1. “牛郎型”，其情节如下：

（1）两弟兄，弟遭虐待；

（2）分家后，弟得一头牛（或兼一点别的东西）；

（3）牛告以取得妻子的方法；

（4）他依话去做，得一仙女为妻；

（5）仙女生下若干子女；

（6）仙女得衣逃去，他赶到天上被阻；

（7）从此，两人一年一度相会。

2. “术士指引型”[①]，较根本的型式：

（1）仙女（大多是星之女神）由于天帝之命或自己的缘分，下嫁一凡人；

（2）仙女生子后，以某种原因离去；

（3）儿子思母，以术士或父亲的教唆，而寻见了母亲；

（4）儿子得利，术士遭殃；

（5）解说某种自然现象所以致然之故。

3. “动物报恩型”[②]，其共同的型式如下：

（1）男子有某种美德；

（2）他以动物或神仙的帮助，得一有超自然力的女子为妻；

（3）女子生子后，自动或被动地离去；

（4）女子的父或母，以异力谋害男子；

---

① 所谓“术士指引型”在钟敬文先生的文章中并没有给出具体名称，此处使用的名称是根据漆凌云博士在《中国天鹅处女型故事研究》中的命名。

② 所谓“动物报恩型”在钟敬文先生的文章中并没有给出具体名称，此处使用的名称是根据漆凌云博士在《中国天鹅处女型故事研究》中的命名。

（5）他以妻子的帮助得免；

（6）女子的父或母宽恕了他们，或其父反受祸。

4. “孔雀衣型”，钟敬文先生没有给出这型式故事共同的情节，只是说这类故事是一般同型故事的记录上所共有的。

钟先生是首位对流传我国境内的天鹅处女型故事进行分类的民间文艺学者，他的这种开创性研究对我国民间文学研究工作具有指导性意义。他指出我国天鹅处女型故事的四种类型的变化是由于旧有情节的修改、吸收或者混合了别种故事的情节及故事性质的转变所致。虽然钟先生的分类在现在日益精密的分类研究中稍显粗略，例如其第二种分类中，我们很难看出男子窃衣娶妻或者孩子窃衣寻母的母题，故事的重点似乎是“解说某种自然现象所以致然之故”。但是我们绝对不能忽视其研究价值，钟先生提出的很多问题在当代仍然是值得我们深思的问题。

### （四）汪玢玲

汪玢玲教授在总结哈特兰德、西村真次等人的分类标准上，又运用我国纳西族、傣族、彝族等多个少数民族留存的民间传说故事材料，指出天鹅处女型故事在我国各地有很多不同的异式，主要包括传世始祖型、孔雀公主型、百鸟衣型、牛郎织女型、难题型和千羽锦型。

### （五）君岛久子

君岛久子认为羽衣传说是从豫章或豫州产生的，与苗瑶系的山地民族关系很深，苗、瑶等山地民族是羽衣传说的中国传承人。主要是从故事内容进行分类，她把天鹅处女型故事主要分为七夕始祖型、难题型和七夕型。七夕始祖型是因为故事说天上有七颗星星，其中有一颗是天女，她因为钟情于下界的一个贫苦而勤劳的男子，自动下凡与之结合并生有孩子。以后这孩子成为一个民族的始祖，与始祖传说结合在一起了，因而称为七星始祖型。

难题型故事不但分布广，内容与山地民族有密切关系，从结构上也很有特色。具体归纳如下：

一男子饲养或救下了某种动物。

这个动物告诉他仙女下凡来洗浴。

天女人数因民族而异，但都是藏了最小一位天女的衣裳，二人结为夫妻。

生有子女。

天女发现羽衣又飞走了。

所饲养的或救过的动物（傣族的故事是仙人），帮助他追到天上。

天女的父母出难题，男子在天女帮助下解决了难题，幸福地团圆了。

七夕型的结构是：

养牛。

牛告诉男子天女来到天河沐浴之事。

藏衣成婚。

生有子女。

天女发现羽衣飞走。个别的是天上来人接天女回去。

牛教他披上牛皮去追天女。

由于西王母作梗，夫妻只能一年见一次。

君岛久子认为《豫章新喻县男子》是最早的羽衣传说形

态，具有最基本的情节：发现毛衣女、隐衣、生子女、发现羽衣飞走。但是难题型却是羽衣传说最基本的类型，从难题型演化出七夕型和七星始祖型。

（六）陈建宪

陈建宪教授在总结钟敬文、汪玢玲等人的研究基础上，将天鹅处女型故事分为原型、鸟子寻母型、难题求婚型、妻美遭害型、族源传说型和动物报恩型六种亚类型。

1. 原型。此类故事是中国天鹅处女型故事最早、最基本的形态，它主要包括三个母题：

天鹅仙女脱下羽衣变形为人；

男子通过偷洗澡姑娘的衣服而与之结婚；

仙女因男人偷去了她的翅膀而被迫受制于他，她找到衣服后就离他而去。

原型是建立在我国古代人与鸟密切关系的基础上的，鸟崇拜、人鸟合体的神、人与鸟的互相转化、妇女在沐浴时吃鸟卵以致怀孕，随着这些原始文化因素的长期发展与融合，自然而然地产生出“天鹅（鸟）仙女”的母题。

2. 鸟子寻母型。这类故事描写天鹅仙女与人婚配后，又离开人间，她留在人间的孩子如何在先知帮助下寻找到她，并得到神奇的知识或宝物。

3. 难题求婚型。此类故事以天鹅仙女夫妇本身的悲欢离合为线索。陈教授根据故事存在于不同民族的情况，还将此类故事分为三种亚型：洪水遗民亚型（纳西族）、牛郎织女亚型（汉族）和孔雀公主亚型（傣族）。难题求婚型主要的情节梗概为：

（1）得妻。男主人公（农民、猎人或王子等）在神仙（或神性动物）的指点下，偷了天鹅（或其他鸟形）仙女的羽衣而与她成婚。

（2）失妻。仙女离去，原因是仙女找到自己的羽衣，或男主人公打破了某种禁忌，或仙女受到威逼和迫害。

（3）寻妻。男主人公在动物或宝物帮助下，克服某些困难，寻找到妻子住的地方。

（4）岳父的考验。种种不可能完成的难题（或者与岳父比赛）。

（5）妻子的帮助。英雄在妻子帮助下完成这些难题（或赢得比赛）。

（6）结局有两种。夫妻顺利返回男主人公的故乡。由于破坏了某种禁忌，夫妻被永远分离。每年仅能见一面[①]。

4. 妻美遭害型。此类故事是与难题求婚型故事紧密相关的一种类型，难题求婚型是仙女的长辈给凡间男子出难题，意在考验凡间男子的本领或者责任心，而妻美遭害型则是凡间的有权势者为了霸占美丽的天鹅仙女妻子而给她的丈夫出的难题。这类故事包括两种亚型：寻“无名”亚型和“百鸟衣”亚型。这一类型的基本情节是：

（1）得妻。一个穷人（农民、猎人、樵夫或渔夫）由于某种原因，得到一个美丽的仙妻（天鹅仙女、龙女或田螺仙女）。

（2）难题。一个有权势的坏人（皇帝、国王、财主、恶霸）要抢占他的妻子，给他出了种种难题（或要与他比赛），

---

① 陈建宪：《论中国天鹅仙女故事的类型》，民间文化论坛。

穷人在仙妻帮助下获胜。

(3) 坏人要穷人找一件根本没有的东西（通常叫做“无名”或“没意思”、“害死人”、“蜗斗”等），在仙妻帮助下，穷人找来这东西，它在坏人家中爆炸，将坏蛋炸死[①]。

5. 族源传说型。这个类型的特点是以天鹅仙女为某一民族的始祖。在中国有四个民族（纳西族、哈萨克族、蒙古族、满族）发现了它的异文。

6. 动物报恩型。这个类型的特点是天鹅（鸟）仙女由于男主人公的某种恩惠，主动前来嫁给他，并给他带来幸福。

### （七）刘守华

刘守华教授在《“羽衣仙女”故事的中国原型及其世界影响》一文中认为伴随着社会历史与文化的发展，天鹅处女型故事在口传过程中经历了由简到繁的四种形态，这些形态前后相承完整地表现了此类故事在我国的发展情况。这四个阶段分别是：

1. 始祖母型。此类故事是天鹅处女型故事在我国的原型，它是我国古代盛行鸟图腾崇拜的文化遗留。从新石器时代开始，我国东部沿海、华南和华中等地许多部落盛行鸟图腾，图腾崇拜之下很自然地产生出有关人鸟转化、人鸟结合并繁衍子孙的神话故事。

2. 鸟仔寻母型。这类故事的重点主要是讲仙女找到自己的羽衣重回异界之后，仙女留存人间的儿子上天寻母、母子团聚的经过。故事内容或颂扬天女之子在人间的不平凡业绩，或表

① 陈建宪：《论中国天鹅仙女故事的类型》，民间文化论坛。

现其在天宫战胜外公种种迫害的勇敢坚毅，故事中洋溢着深厚的母子情深。

3. 丈夫寻妻型。此类故事将重点放在仙女或者飞鸟飞走之后，丈夫追寻妻子直至找到妻子的经过。从文化意义上来说这类故事主要表现的是青年男女坚持真爱、寻找真爱，这个母题经常和难题考验型母题结合，借此表现青年男女如果想得到真爱，就必须克服现实存在的各种阻力，所谓的真爱难寻，得之不易主题。

4. 王子和孔雀公主型。此类故事将鸟姑娘的爱情故事置于更广阔的社会历史背景之上，同民族战争、宗教冲突等结合起来展开叙述，赋予作品更丰富深刻的社会生活内容。此种类型是这个故事在情节结构上最为繁复的变异，也是这一口头叙事文本的最后归宿。

### （八）高木立子

高木立子在其文章《被欺负的女婿》中也对天鹅处女型故事作出分类，她指出天鹅处女型故事在中国有两个主要亚型，即原型和难题求婚型。这两个亚型的基本情节梗概主要参考吸收了陈建宪教授的划分标准。

### （九）漆凌云

漆凌云的论文《中国天鹅处女型故事研究》是我国首篇专门探讨中国天鹅处女型故事的博士论文。他广泛搜集流传我国各地各民族的天鹅处女型故事，运用俄国民俗学者普罗普的功能分析理论，将天鹅处女型故事按照类型群的角度进行划分，主要包括始祖类、得妻类和寻母类三个系列，在每种类型下面又包括很多亚型，具体的划分如下表：

<table>
<tr><th>分类</th><th>始祖类</th><th colspan="2">得妻类</th><th>寻母类</th></tr>
<tr><td rowspan="2">亚型</td><td rowspan="2">吞果而孕型<br>仙女解困型<br>夺衣娶妻型</td><td>沐浴系列</td><td>破坏水田型<br>报恩型<br>牛郎织女型<br>寻宝型<br>王子和孔雀型<br>除妖型<br>贪心受罚型</td><td>巫师指引型</td></tr>
<tr><td>羽衣系列</td><td>稻作型<br>田螺姑娘型<br>龙女型<br>神奇伙伴型<br>画中人型</td><td>难题型</td></tr>
</table>

## 牛郎织女型故事

牛郎织女传说是流传于我国境内最优美的传说之一，它和孟姜女传说、白蛇传传说、梁山伯与祝英台传说合称为中国四大民间传说。它比其他传说产生的时间更为悠久，直到现在仍然活跃于民众的口头之中，所以探讨牛郎织女传说某种程度上可以反映民间文学的发展历程。

牛郎织女传说不同于牛郎织女型故事。牛郎织女型故事的外延要远远大于牛郎织女传说，可以说牛郎织女传说仅仅是牛郎织女型故事的一个阶段性发展形态。牛郎织女型故事经历了从神话到民间故事的所有民间文学体裁形态，内容也经历了从神—神之间的爱恋到神—人之间的身份转换。牛郎织女型故事的内容大致是讲述天上的织女神下凡与人间牛郎相恋，最后却被天帝阻挠，分隔银河两岸，到七月初七才能相会。从广义上来讲，牛郎织女型故事主要是讲人神之间的异类婚故事。织女牛郎一为天神，一为人间凡夫，二人如何相遇并且产生感情一直是牛郎织女故事讲述时讲述者大做文章之处，也是民间文学研究者关注之处。研究者根据他们二人的经历遭遇过程将此类故事分为“牛郎型”、“语源解释型”和“地方风物型”。其中“牛郎型”是被中国民众最熟悉的故事模式，其基本构架是：狗耕田型+天鹅处女型+鹊桥传说。这个模式最接近于钟敬文先生《中国的天鹅处女型故事》中的“牛郎型”故事。其中的“狗耕田型”主要是讲述两兄弟分家，弟弟牛郎只得到一头老牛，牛郎凭借老牛的帮助，得知在河中有沐浴的神女；中间的“天鹅处女型”故事情节为牛郎偷偷拿走在河中沐浴的神女的衣服，迫使她留在人间与自己结成夫妻。结婚后，二人生活恩爱生下子女，数年后，织女被迫离开牛郎，牛郎挑起子女追赶织女，种种原因使二人分隔河两岸；最后的鹊桥传说是鸦雀等鸟类出于同情或者报恩等原因在七月初七晚上搭桥，帮助二人渡河相会。例如流行于辽宁省的《牛郎织女》就属于典型的牛郎型故事。在传说的开始部分主要讲述的是牛郎的兄嫂尤其是嫂子如何虐待牛郎：

从前，有一个孩子，叫牛郎。牛郎从小没了爹娘，和哥哥嫂子在一起过日子。

嫂子是个心肠歹毒的女人，她把牛郎视为眼中钉，肉中刺，成天挑唆丈夫和牛郎分家。嫂子说：“咱们趁早和他分开，要不等他说媳妇的时候，咱还得管，分开了，好东西都咱们要，破烂东西给他点，后来他说不上人儿埋怨不上咱们。”

哥哥舍不得弟弟，不愿意分。哥哥说：“牛郎年纪小，现在要和他分开，我对不起弟弟。又没爹没妈了，他自己怎么过呀?”可是，他经不住媳妇的枕边风，不听也得听。后来，哥哥把这件事对牛郎说了。牛郎说：“哥呀，我嫂子既然愿意分，咱们就分开吧！我啥也不要，家产全归你，我就要我那头牛，我成天放它，就要它。”哥哥和嫂子把这事一说，嫂子心想：一分家他还得要头牛，干脆给他包点饺子放上毒药，把他药死算了。

这天，嫂子趁丈夫不在家，就把牛郎叫到跟前，假装挺亲热地说：“牛郎呵，咱们就要分开过了，嫂子今天给你包点饺子吃吧!”包饺子时，嫂子就把毒药偷偷地放上了。她煮熟饺子后，就给牛郎盛过来了。路过牛圈时，老牛用犄角一豁，一碗饺子全摔到地上，“呼呼”地蹿起火苗来。不一会儿，全化成灰了。

晚上，老牛对牛郎说：“牛郎呵，往后你嫂子再给你吃啥也别吃，她是要害你啊，这里待不成了，你跟我走吧!”牛郎听了老牛的话，默默地点点头。

这天，牛郎要走了，哥哥一直把他送出很远，他舍不得弟弟离开他，可又毫无办法，因为他怕老婆。临分手，问：“弟弟，你想上哪去呀?”牛郎说：“哥哥，你不要挂念我，老牛走到哪，我就跟到哪。”

哥哥送牛郎出去的时候，嫂子在家里寻思：到底把他整出去了，可去了眼中钉肉中刺！这下可好了，我们两口子乐意做点啥吃就做点啥。今天做点啥好吃的呢？发点面蒸豆包吧！她就发上面在家蒸起豆包来。嫂子一着忙，锅里忘了添水，就把豆包放到锅里蒸上了。她蒸啊，蒸啊，咋蒸也不见锅里上来热气，蒸着蒸着，就把锅烧红了，房子和锅盖全起了火，她跑出去招呼丈夫的工夫，火已蹿到房顶。不多一会儿，就把房子烧落架了，东西也全烧光了。

传说的中间部分是典型的天鹅处女型故事情节。主要讲述牛郎在老牛的帮助下如何寻找到貌美善良的妻子。

再说牛郎跟着老牛走啊走啊，也不知走出多远，他们来到一个地方。这地方山清水秀、绿草如茵、鸟语花香、燕飞蝶舞。老牛把牛郎领到一个湖边，对牛郎说："今天晚上，有七个仙女上这湖里来洗澡，等我用犄角把衣服挑起来一件时，你就拿着赶快走，哪个仙女要追你，你就提出和她成亲。"

到了晚上，月亮升起来的时候，老牛领着牛郎就在湖畔的小树林里隐藏起来。一会儿，老牛说："来了，来了。"牛郎往天上一看，只见天上有七只雪白的天鹅落到了湖边。她们脱去衣裳，立刻变成了七个十分美丽的姑娘。

原来，她们是织女，都是王母娘娘的姑娘。等七个姑娘都进湖里洗澡的时候，老牛就把仙女的衣裳用犄角挑起来，交给了牛郎。牛郎拿起衣裳就走，被仙女看见了，就追上来和牛郎要衣裳。牛郎提出要和她成亲，仙女看看牛郎，见他怪老实勤快的，就答应了。从此，牛郎有了自己的家。

每天，牛郎开荒种地，织女纺线织布，小两口勤勤恳恳，生活过得挺幸福。过了几年，他们有了姑娘和儿子。

一天，老牛对牛郎说："我是天上的金牛星下界，因为喝醉酒误事，被贬到下界，现在我的期限已满，明天就要回去了。明天我回去时，你把我的皮扒下来，对你以后是有用处的。只要你把我的皮披在身上就能飞上天，没有牛皮上不去。"

第二天，老牛死了。牛郎含着眼泪把牛皮剥下，小心地保存起来。

转眼已过了三年。这一天，织女对牛郎说："咱们夫妻几年了，两个孩子已经长大了，你快把我的衣服拿出来。叫我看一看吧！”牛郎寻思：她也不能走了，她要看看就让她看看吧！就把衣裳从粮仓里拿出来，还给了七仙女。七仙女把衣裳拿过来，往身上一披就飞走了。

牛郎一见，忙把牛皮往身上一披，把两个孩子装在两只筐里，担起来就追。追着追着，眼看快要追上时，王母娘娘来了，她从头上拔下一根金簪，往七仙女身后一扔，就画了一道天河，把牛郎隔在河对岸了。王母娘娘对牛郎说：“你回去吧，从今让你们月月初七见一面。”可牛郎听差了，他听成每年七月初七见一面了。

鹊桥相会

最后是典型的鹊桥相会传说：

从那时起，每年的七月初七，都是牛郎和织女相会的日子。每逢这天，很多的喜鹊都出来为牛郎织女搭桥。早时候，七月七这天瓢泼大雨直劲下，人们都说这是牛郎织女的眼泪儿。这几年人们都说：“牛郎织女都老了，也不像早时候那么哭了！”

山东平度地区的《牛郎织女故事》：

牛郎儿从不大的时候，爹妈就死了，跟着哥哥嫂子过日子。小孩儿不能干什么营生，就去放牛。从小没有名，哥哥嫂子叫他老二，街上的人都叫他牛郎儿。日子长了，哥哥还行，嫂子就用不上了，就对哥哥说：“老二今年十五六了，快成家了，老在一起过算个什么事？分家，叫他出去过，说不准哪家的闺女看好他，去做个媳妇，咱也就放心了。”说是这么说，嫂子也就想把牛郎分出去，哥哥心里不愿意，也不好多说什么。

待分家时，哥哥问：“老二，你要什么？”牛郎说：“我要咱家的老黄牛和场院那两间场院屋子就行了。”哥哥嫂子答应了。

牛郎牵着老牛去了场院那两间小房子和老牛住在一起。没有人做饭吃，牛郎白天上山放牛，回来常饿肚子。

有一天，牛郎听见有人叫他说：“牛郎，牛郎。”家里没有别人，是谁叫他呢？他跑到门外去看，也没有人。住歇，又听见叫他“牛郎、牛郎”。牛郎想：莫非是老牛叫我吗？就说：“老牛，是你叫我吗？你叫我干什么，有什么事？”老牛点点头告诉牛郎说：“今天晚上，天上的七女星下凡，在村东那个大湾里洗澡，把衣裳脱在岸上。你去悄悄把那件粉红衣裳拿着，那是小妹妹七女的。她长得又俊又善良，没有衣裳穿，她回不了天上，你就领来家里做媳妇，跟你过日子，做饭吃。”牛郎听了，夜里就到大湾岸趴在树后等着。

果然，晚上从天上一飘飘地飞下七个仙女，落下把衣服脱在湾沿，就下到大湾里洗澡了。牛郎看见那些衣裳中，果然有一件粉红色的，就悄悄过去拿着到芦苇丛里，趴在树后看。洗完澡，那六个仙女都穿上衣裳飞走了，这个小的七女找不着衣裳走不了啦。她们这是晚上偷着出来的，回去晚了不行。眼看那六个飞起来升到天上去了，把个七女急得满地转转。这时，牛郎从树后出来，把衣裳给了七仙女，领回家做了媳妇。

七女头一年就生了一对双胞胎，一男一女。那孩子像七仙女，长得俊啊，也像牛郎，妈妈也会打扮，一对孩子漂亮的像两颗小星星。

牛郎白天上山干活，七女就在家纺线织布。她是仙女，一个梭子的线天天织也用不完，一宿能织十四绸缎，织得那个强啊！村里的大姑娘、小媳妇、老婆儿都来找她织布。村里人都叫她——织女。

又过一年，孩子两岁满街跑了，说话响叮当的。七女常害愁，愁什么？怕王母知道她在人间，下来找她。有心走吧，又不忍心丢下一儿一女，四口之家日子过得美美满满的舍不得走。牛郎见她有心事，问她为的什么？她也不说，常背地里哭。天上地下一样，七仙女在天庭是最小的，是个惯孩，长得也俊，又灵巧，她爹爹玉皇大帝、妈妈王母也宠她，小性儿，爱掉泪儿。

有一天，牛郎去喂老牛，老牛就吧嗒吧嗒掉眼泪。牛郎看老牛哭了，就说："老牛啊，你哭什么？"老牛说："牛郎啊，咱相依为命这么多年，如今我老了，不能帮你干活了。我死了以后，你把我的皮留着，以后，若遇见急难之事你披上我的皮，我可帮助你。"老牛说完话就闭上眼睛躺下了。

老牛死了，牛郎痛哭了一场。扒下老牛的皮，好好收藏起来，又把老牛埋在房后的山坡上。牛郎常去看望老牛，想老牛了，就拿出老牛的皮看看，有时就忍不住落眼泪思念老牛。

天上的一天是地上的一年。这一天，王母娘娘发现七仙女下凡在人间和牛郎生了孩子，犯了天庭王法，就报了玉皇大帝。玉皇大帝派王母娘娘带着天兵天将下来带七仙女。

这一天傍晌，起了一阵大风，天兵天将来了，命七仙女赶快回天庭。织女舍不得两个孩子。这时牛郎上山还没回来。织女求王母再等一个时刻，等牛郎回来。王母答应了。

牛郎在山里看见自家院中刮大风，就赶紧往家跑。刚走进院子，时辰就到了，只见天兵天将把织女已带到半空中。两个孩子在院子里喊妈妈，织机上还有半匹没有织完的布，锅里的饭冒着热气。牛郎在院子里喊“娘子——”。织女在空中挣扎喊“牛郎——”。眼看着织女远去了，牛郎束手无策，急得团团乱转。急难中，牛郎突然想起了老牛临死前说的话，就赶快把老牛的皮拿出来，把两个孩子放在筐子里，用扁担一头挑着一个，披上牛皮就嗖嗖地飞起来了，去赶织女。

赶呀赶，牛郎披着老牛的皮就像风飞得那么快，眼看就快赶上了，王母从头上拔下金簪子，从身后刺啦一划，牛郎眼前出现一道天河，大水滔滔，波浪滚滚。从此，牛郎和孩子在天河这边，织女在天河那边。

七仙女因下凡犯了天条，回天庭被关进机房，天天织锦，天上的彩云都是她织的。牛郎和孩子在河边都变成天上的星星。原来那老牛是天上的金牛星下凡。

据说，王母看牛郎织女恩爱情深，长年累月天河相隔不得相见，就请示玉皇大帝，恩准牛郎织女每年七月七日见一次，由人间的喜鹊上天搭桥。因此，这天地上很少有人看见喜鹊，说是它们都飞到天河搭桥去了。七月七日这天，每年都下小雨。又说那是织女会牛郎时哭的眼泪。还有人说，七月七日这天，坐在葡萄树架下，半夜可听见牛郎织女说悄悄话。

上面这则故事是流传于山东平度地区的牛郎织女故事，它和流行于辽宁地区的牛郎织女故事一样，主要由两兄弟型、天鹅处女型和喜鹊搭桥三个母题构成。但是仔细对比主要情节，还是有很多不同的地方，总体来说，辽宁地区的同类故事反映的文化意义要早于平度地区的故事：

| | 辽宁地区 | 山东平度地区 |
| --- | --- | --- |
| 两兄弟型 | 此部分篇幅较长牛郎跟着兄嫂生活<br>嫂子毒害牛郎；<br>牛郎主动提出分家；<br>嫂子由于自己的疏忽遭到报应 | 此部分篇幅较短<br>牛郎跟着兄嫂生活；<br>嫂子怕分家产，提出分家 |
| 天鹅处女型 | 此部分篇幅重点牛郎如何得到妻子<br>老牛是天上金牛星被谪下凡；<br>老牛告诉牛郎得妻的方法：1. 晚上有仙女在湖里洗澡；2. 七只白天鹅落到湖边，脱去衣裳化成姑娘；3. 老牛用犄角挑起姑娘的衣服交给牛郎；4. 牛郎拿走衣服，姑娘看见牛郎老实勤快，答应和牛郎一起生活。<br>婚后二人生育一儿一女，织女寻找到自己的衣服，主动返回天庭；<br>牛郎披着牛皮追赶织女，王母划分天河 | 此部分篇幅重点描述织女牛郎恩爱的婚后生活<br>老牛是天上金牛星被谪下凡；<br>老牛告诉牛郎得妻的方法：1. 晚上天上的七女星下凡在湾里洗澡；2. 七个仙女脱下衣服在湾里洗澡；3. 牛郎拿走七女的粉红色衣裳；4. 牛郎把衣裳给七女，七女跟着牛郎回家。<br>婚后二人生育一儿一女，但是织女害怕母亲破坏自己的凡间生活；<br>王母发现织女留在人间，将其强行带回天庭；<br>牛郎披牛皮追赶织女 |
| 王母划分天河 | 喜鹊搭桥 | 喜鹊主动为牛女搭桥；见面下雨 |

对比这两则故事，可以看出山东平度地区的故事更接近于现实生活。天鹅处女型母题部分，辽宁地区的故事还保留着人一鸟转换的痕迹，天鹅变成美女；平度地区的故事已经直接转化为仙女下凡，并且仙女的着装和人间女子一样，漂亮的仙女和人间的美少女一样穿着粉红色的衣服，这种强调衣服颜色情节的出现是更贴近民众生活本身的缘故，仙女的衣服已经不是

可以上天的羽衣，而是和人间女子一样的衣服，并且也偏重衣服颜色的选择，这些都说明在民众的思想当中，仙女已经逐渐褪去了神圣的光环，她们和人间普通女子并无二致，她们对于男子来说都是组建家庭，生儿育女的对象。

还有一个表现，牛郎织女故事逐渐世俗化倾向的重要情节是织女主动回到天庭。织女是否主动重返天庭是织女对人神之间缔结婚姻持何种态度的最佳说明，如果织女是被迫回到天庭，说明织女已经非常留恋人间生活，在讲述者的心目中，织女已经逐渐失去神女的神性，她身上包含更多的是人间女子的特点，反之就说明织女身上还是留有很多超于人类的神性，在她看来天上生活还是要优于人间，织女自己还是更留恋天界的生活，人们对神女的态度还是充满了崇拜与敬畏，表现了神高于人的人神关系，神超脱人的控制范围之内。从人类婚姻角度思考，织女主动返回天宫反映的是人类早期的婚姻形态，结婚之后的从夫居还没有真正形成，而被迫返回天宫反映的则是夫妻之间的从夫居正在逐渐代替以前的从妻居，人类的婚姻形态正在向更加合理化、理性化的方向发展。

## 画中人型

画中人型故事反映的是人仙之恋题材。丁乃通《中国民间故事类型索引》里表举此类故事为 AT400B【画中女】，主要情节为英雄爱上肖像中的女子，或她已应允许配给他。她和他在一起住了些时候，是真人的样子。但由于各种原因后来离开了。有的说他忧伤而死。有的说他去寻找她，终于把她找回。这一类型故事最早见于唐代杜荀鹤的笔记《松窗杂记》中：

唐进士赵颜，于画工处得一软障，图一妇人甚丽。颜谓画工曰："世无其人也，如可令生，余愿纳为妻。"画工曰："余神画也，亦此有名，曰真真。呼其名百日，昼夜不歇，即必应之，应则以百家彩灰酒灌之必活。"颜如其言，遂呼之百日，昼夜不止，乃应曰诺。急以百家彩灰酒灌之，遂呼之活。下步言笑，饮食如常，曰："谢君召妾，妾愿事箕帚。"终岁生一儿，年二岁。友人曰："此妖也，必与君为患，余有神剑可斩之。"其夕遗颜剑，剑才及颜室，真真乃曰："妾南岳仙也，无何为人画妾之形，君又呼妾之名，既不夺君愿。君今疑妾，妾不可住。"言讫，揣其子，即上软障，呕出先所饮之百家酒。睹其障，惟添一孩子，仍是旧画焉。

这段文字主要描述了画中女子变成真人而与凡人婚恋，而后由于凡人违反禁忌，画中女重返画卷的故事。画中女像被男士的真心感动，从画上翩然而下，变为真实的美丽女子与之生活，后因为男子对其起疑，女子重回画卷做女像。女像—女子—女像的转换完全是因为男子违反禁忌的缘故。故事最后主人公真真之口道出所设之禁——赵颜对真真必须保持充分信任与真诚。这种信任与真诚一旦被动摇，"君今疑妾"，随之而来的便是真真对这种违禁的惩罚，"揣其子，即上软障，呕出先所饮之百家酒。睹其障，惟添一孩子，仍是旧画焉"。因此从本质上来说此类故事也是反映禁忌的，这种表现禁忌的主题与天鹅处女型故事如出一辙。

将这种故事放置在天鹅处女型故事之下，作为一个亚型来看待的另一个理由是故事中画中仙女经历像—人的身份转换与天上飞到人间经历人—鸟转换的天鹅一样都经历了"变形"，天上的天鹅脱去羽衣，画中的仙女必须从画卷走下来，由假变真，身份的转换使得她们可以留在人间，鸟变为人，画变为人。同时他们都经历了与人间男子的结婚生子，故事最后都要有与人间男子的分离，因此我们把【画中女】型故事也归类在天鹅处女型故事之下，试图通过对它的研究可以拓展我们对天鹅处女型故事的认识。

【画中女】型故事在发展中逐渐与其他类型故事相融合，不再是单纯的 AT400B【画中女】的内容，例如，满族故事《百鸟衣》与丁乃通先生的划分较为接近，故事内容如下：

早先前，睡觉的枕头有二三尺长，枕头的两端各有一个四方方的顶，叫枕头顶。不管穷家富家，枕头顶都用五彩丝线绣上各式各样的图形：飞禽走兽了，花草虫鱼了，也有绣人物的，还有绣字儿的。字儿有满文、汉文两样。谁家的姑娘媳妇巧不巧，看看枕头顶就一目了然。有这么一副枕头顶，上面绣了一段故事，还配有一首诗，诗是这么说的：

三尺韭菜乌兰希，
拿着龙袍换鸟衣。
金花娘娘巧定计，
暗夺江山谁得知。

这段故事是怎么一回事呢？

传说有这么一家，老太太领着儿子过日子，儿子名叫得叶尔，天天在山上打猎。日子本来挺穷，偏偏老太太又得了病，躺在炕上不能动弹。得叶尔只顾在家伺候讷讷，腾不出身来去弄吃的，眼见不病死也得饿死，这可把他愁坏了。他无亲无友，又没有四邻，只在门前有棵大柳树。这棵大柳树大得有两搂粗，是得叶尔爷爷的爷爷栽的，说不上它有多少年了。自打得叶尔懂事的时候起就和大柳树处得挺好。每年开春冰雪一化，大柳树的枝条上长出毛毛狗，左一摇右一摆的，好像招呼得叶尔说："快来吧，折下几条给你玩。"得叶尔一条也没有折过，怕伤害了大柳树。夏天天热了，得叶尔打完猎躺在树根底下，它的细枝条还是左一摇右一摆，像给得叶尔扇风乘凉，得叶尔总是说："真凉快，谢谢你了！"秋天大柳树上的叶子哗哗落在地上，得叶尔怕它难过，就说："别伤心，明年春天你还会长上绿叶的！"冬天大雪落在树枝上，一白串一白串的，得叶尔高兴地说："你开花了，真好看。"就这么，得叶尔平时有什么话除了对他讷讷说，也对大柳树叨咕几句。这回他有了难处，没地方求，只得去求柳树帮忙了。他给大柳树下了一跪，说："我讷讷有病，没有媳妇伺候她，我上山十天半月就回来，请保佑我讷讷平安无事。"说完，又嘣嘣磕了三个头。

得叶尔求过柳树，就离家上山了。一去十几天，打来一些野物，换了点粮米，赶忙返回家。走到门口，见原来的几间小房变成了青堂瓦舍的四合大院。心中正在纳闷，他讷讷从屋里走出来了，得叶尔更愣了，说："讷，你病好了？"讷说："好了。你不是求柳树了吗，那天我正口渴，从大柳树下出来一个姑娘，捧来一捧水，我喝过就好了。"得叶尔又问："咱那房子呢？"讷说："也是那姑娘找来好些人，把小房拆了，不到一天工夫就盖成了这个四合院。"得叶尔心里想，这是大柳树帮了忙了。他一边寻思一边往屋里走，还没进门，门里迎出一个大姑娘，很大方地对他说："你回来了？"得叶尔一看，这姑娘长着一双水灵灵的大眼睛，茸嘟嘟的长睫毛，小脸蛋粉嫩嫩的红，两只小手像葱白似的。讷讷说："这就是给我治病、给咱家盖房子的姑娘，她姓柳。"不用说，这是柳树姑娘了。乐得得叶尔跑到大柳树下磕了一顿头，回来又领着柳树姑娘拜祖先，拜讷讷，当晚就成了亲。

得叶尔自从娶了柳树姑娘，小日子越过越好。可就有一样，他舍不得媳妇，一上山打猎心里就想得慌。柳树姑娘说："赶明儿个我把我的像画下来，你带在身上，想我了就掏出来看一看。”第二天，柳树姑娘果然画好了自己的像，这像画得可美了，和真人一样。打这以后，得叶尔每天上山打猎，就带着柳树姑娘的画像。

谁知好事多磨，一天得叶尔在山上正看画像，突然刮来一阵大风，把画像卷去了。得叶尔怎么撵也没撵上。画像哪去了呢？被国王的侍卫捡去，献给国王了。

国王一看画像上的女子，真比天仙还要美上多少倍，就撒下兵马，拿着画像，四处寻找。一找把柳树姑娘找到了。常言说，双拳难抵四只手，柳树姑娘见房前房后，围了好多兵马，自知不跟着走是不行了。她就拿出一包韭菜子，交给讷讷说："这包韭菜子，等得叶尔回来叫他种上，好好侍弄着，到了百日后，韭菜长到扁担宽，三尺高时，叫得叶尔挑到京城去卖。还有，告诉得叶尔从今往后，得一边侍弄韭菜，一边打鸟，一天打一只，把羽毛做成百鸟衣，去的时候穿在身上。要是见到国王，你就如此这般。那时我俩就能团圆了。”

柳树姑娘被兵马抓到王宫里，国王一看比画像还要美上十分，更迷住了。他当即给柳树姑娘起了个最富贵最美的名字，叫金花。又封柳树姑娘为“金花娘娘”。当晚就要和金花娘娘拜堂成亲。可柳树姑娘说：“我本为有夫之妇，国王实在要我改嫁与你，得等百日之后。”

国王本来等不及，可又不敢硬逼，怕一旦逼急了，美人出事，只好说：“那我就等你一百天吧!”

国王耐着性子掰着手指头一天一天地数，好不容易等到日子了，哪成想金花姑娘不多不少在一百零一那天生病了。把个国王急得像猴子吃辣椒一样，站不稳，坐不安，请来了多少名医也治不好。金花娘娘说：“要想治好我的病，必得吃韭菜。”国王一听，笑了：“我的娘娘，天上的神仙肉，海中的龙王胆，我弄不来，这韭菜有什么难？”金花娘娘说：“我要的韭菜得有扁担宽，三尺高。”国王说：“这也不难，三天之内准定弄来。”

国王命满朝文武大臣，宫廷内外侍从，统统拿着朝廷告示，在全国之内收买韭菜。眼睁睁三天过去了，韭菜倒弄来不少，可就没有一份够三尺高的，也没有一份有扁担宽的。国王正在着急，忽听门外传报，有卖韭菜的。国王命侍卫快快喊进来。你说这卖韭菜的是谁？就是柳树姑娘的丈夫得叶尔。自从柳树姑娘被抢走之后，得叶尔从山上回来，就按柳树姑娘临走时留下的话，把韭菜子撒在地里，正好是一百天，韭菜果然长成了扁担宽，三尺高。

国王见韭菜长得葱绿，根根有扁担宽，再一量整三尺高，乐得他急忙跑去告诉了金花娘娘。金花娘娘说：“好啊，拿来我看看！”国王传令将韭菜挑进宫内。金花娘娘还没看韭菜，就“扑哧”一声笑了。金花娘娘进宫以来，国王还是头一回看到她笑呢，那个美呀，国王简直神魂颠倒了。国王问：“金花娘娘为何发笑？”金花娘娘指着卖韭菜的说：“你看，他穿的啥衣服？”国王细一看，衣服是用一根一根鸟羽毛做成的，要说好看，那羽毛是五颜六色的；要说寒碜，那羽毛又长短不齐，什么形状的都有。金花娘娘说：“大王，我怎么没见到你有这样的衣服？”国王说：“这衣服好吗？”金花娘娘说：“怎么不好，我就愿意看这样的衣服。”国王正不知怎样才能得到美人的欢心，就对卖韭菜的说：“喂，把你的衣服卖给我好不好？”卖韭菜的说：“这件衣服是我用一百天打一百只鸟的羽毛编成的，一百只鸟不重样。你用多少钱能买得起？”国王说：“整个天下都是我的，你用多少银两我都有。”卖韭菜的说：“多少银两也不值钱，我要你用龙袍换。”国王想，做一件龙袍算个什么，就说：“换就换吧！”国王解下玉带，脱下龙袍，扔给了卖非菜的。卖韭菜的脱下百鸟衣扔给了国王。国王穿上百鸟衣，金花娘娘“扑哧”一声又笑了，这一笑笑得国王三魂七魄都出窍了。金花娘娘笑完说：“你不会也上大街喊上几声卖韭菜，让我听听吗？卖韭菜的声真好听。”国王头一回见金花娘娘这么乐，他就穿着百鸟衣，挑起韭菜担，出了宫门，在街上喊：“卖韭菜喽，卖三尺高、扁担宽的韭菜喽，卖韭菜喽！”喊完后，在街上绕了三圈就往回走。刚进宫门，身穿龙袍的得叶尔，高坐在龙椅上发话了：“哎，来人，把那个卖韭菜的小子，给我赶出去！”宫廷侍卫得令，就往外撵国王，国王说：“我是国王，我不是卖韭菜的！”得叶尔说：“推下去给我斩了，我杀的就是冒充的国王！”刀斧手们得令，“咔嚓”一声，手起刀落，把国王的脑袋砍了下来。从此得叶尔就掌握了国家的大权，当上了一位英明的国王。

此篇故事在前半部分 AT400B【画中女】情节里还增添了【动植物报恩】与【妻子慧美，丈夫遭殃】的情节，故事的后半部分增添由于妻子聪慧，致使坏人罪有应得的下场，结尾采用我国传统的大团圆收尾，这种讲述方式反映了传说故事在流传中掺入越来越多的社会内容，也表现了我国民众追求事情圆满的心理。

不同类型的故事在讲述过程中会不断结合不同的情节成为一个新的故事，这种民间文学的黏合性使得有些根本不相关的情节类型，由于蛛丝马迹的类似，进而连类相及，最终发展为崭新的故事。【画中女】故事原本就是很独立的故事类型，在后来的发展中它与不同的故事和合，成为不同型式的子故事，从流行于山东平度地区的《美人画》故事中我们可以很明晰地看出这种民间文学的黏合性。

过去有个小人，他家嘞肯定挺富，挺财主嘞，请一个老师，专门教他这个小学生，就教他自己。

在学校嘞，有一天，一个人卖画嘞。这个老师买了一张画，是个美人，就贴在学校里。这个学生啊，放学，老师家去吃饭去了，他也不家去吃，就在那看看书，看看这个美人。越看，这个美人越笑，越笑他就越看。看歇，这个美人就像那要下来的样儿，下来了，和这个学生说话，听见老师来了，这个美人就上去了。这个学生他一天到晚也不家去吃饭。他家里的人说："少爷怎么不来家吃饭呢?"说，不知怎么的。他放学就在学校要，看书。

一天，人家卖画的人来了，这个美人下来，道这个学生："怎么办？人家要往回赎我。某天某日，人家就来赎我了。"其实，老师也不知道这是张真画。

真了，这一天，卖画的来了，美人就下来和这个学生说："如果人家把我赎回去了，你想我的时候呀，你就到山东青松林去找我，就行了。"

人家卖画的来了，真把这张画收回去了。这个学生就没有心思念书了，时间长了就有病了，不能念书了。越念越没有心思，家人就道老师说："少爷有病了，不能念书了。"找医生看看吧，也没有病。这个学生就道他爹说："你给我匹马，带着家人出去遛遛就好了。"他爹答应了，就给他点银两，和家人骑着马出去了。一天也不知出去了多少里地，走了两三天，就道家人说："你回去吧，我随跟就回去。"家人回去了。他这就继续往前走。走到那就打听山东青松林，人家也没有知道的，这怎么办？穷了，把钱花了，马也卖了，衣服扒光了，当了，就剩一件单衣在身上穿了。这怎么办？真饿了，就跑到一座庙里，想在那里投宿。庙里有像，他就烧了几束香，拜拜观音菩萨，上炕准备睡觉了。饿得就是睡不着。

到了半宿，从门外进来一个小孩，说："啊呀，你怎么在这儿呢？你待上哪里去？”“我待上山东青松林。你知道？”小孩说：“知道，我就住在山东青松林。”“啊哟，正好你领我个路吧。”小孩说：“你不饥困？”“饥困。”“来，我这葫芦里有点米，做点饭你吃。”做了有鸡蛋壳那么多点米饭吃了。天还不亮，小孩说：“俺得走，俺得回山东青松林去。”这个人就赶紧跟着小孩走。走着走着，走到一条大河边，这岸到那岸，望不到边，也没有桥。

他就道小孩：“这怎么过河？”小孩说：“我拿条腰带。”把腰带往那岸边一扔，出来一座桥，那小孩儿嗖嗖地过去了。这个学生也不敢过，怕掉进河里。这时，从河上边突下个怪东西来，把他吓得也呼隆呼隆从桥上跑过去了。小孩把腰带抽了，这就没有影了，到处找也找不着了。这上哪去啦？山东青松林没有人啊。这工夫看见河上头有人洗衣裳，心想：上去望望，跟那人打听个道。上去一看，是那个美人在那里。美人见他来了，说：“啊呀，你可来到了。”“来到了，找到入九时也没找着山东青松林，你这个村名，真难打听。”美人说：“这就是山东青松林。走吧。家去吧。”这就领着家去了。见一个小孩在家烧火。他一看，这不是昨晚上在庙里的那个小孩吗？“是啊，这就是咱的儿子。”

学生在那住了没有多少日子，他就想家了。你知道他是个不大的学生。这个美人说：“你不能回家了，你没有家了。”他说:“怎么没有家了？我想俺妈妈。”美人说：“好，你家去就家去吧，家里不能认承你了。”“不行，往家走。”学生想家心切，非要走不行。美人说：“你待走，也不难，我把你送回家去。送到你疃头你家去看看，如果有你爹爹妈妈，你就在家住下，如果没有，你赶紧再回来。”“怎么个走法？”美人说：“这里有个蒲团，你坐在上面，不要睁眼，我说你睁眼，你才能睁眼，如果不叫你睁眼，你睁眼就把你吓死了。”他说：“好啊。”果然，坐在蒲团上，听着一阵风，就觉着在空中飞，一会儿工夫，来到疃头了。美人说：“中了，到疃头了，你家去吧。”他看看，这哪是他的疃？大变了。看看这个门呀，像。房屋不像，地场可像。家去一看，打听打听，说说他自己的名，叫什么，这家的人听了听就不算了，说：“啊呀，你怎么好打听俺这个老祖宗的名。俺有个老祖宗多少年前出去采访，到现在没回来，到如今人信儿也没有，好几百年了，你好打听他的个名啊？”其实，哪能认识这个人，这都是几百年后的事了。哪有人还能认识他？他在仙境里住了已经几年。美人在疃头上等着他。他出村，回去告诉美人说：“我没有家了。”仙境的一天就是人间的一年。美人说：“走，咱回去吧。”学生坐上蒲团，美人带着他乘风驾雾飞走了。

【画中女】故事中由于出现了人/仙婚恋母题，相似于仙乡故事里的凡男遇仙，此则《美人画》就是在【画中仙】型的故事末尾结合了【仙乡寻妻】的情节，这种民间故事类型的黏合使得故事内容更为丰富，故事更有趣，表现了民众喜新求变的心理。【画中仙】+【仙乡寻妻】表现了凡人的世俗愿望以及他们对美好生活、幸福爱情的孜孜追求，故事中展现的仙境、人/神关系等都是我国道教世俗化的显现，生命享受过程已经由一种抽象的宗教理念转化为与人的实际需求相结合的生活理想。宗教已不是人的生活追求目标，生活世俗化才是人们追求的重点。

## 难题型

君岛久子在其论文《围绕羽衣传说谈东方的仙女》中将天

鹅处女型故事分为难题型、七夕型和七夕始祖型，并且指出羽衣传说中最通俗的是难题型。难题型故事几乎遍及全中国，达斡尔族、内蒙古的汉族、山东、江苏、浙江以及海南岛的黎族，江西的壮族、彝族、苗、瑶族都有不少[①]。既然叫做难题型当然最主要是出难题。故事中面临考验的大部分是仙女的凡间丈夫，还有很少一部分是仙女的儿子。其中不管丈夫还是仙女的儿子面临的难题常常因民族、居住环境的不同而千变万化，汉族的难题考验主要是智慧型的考验，而少数民族的考验往往是劳动技能和生产知识的考验；北方汉族的难题多为面临虫蛇之害，诸如蜈蚣、狐狸等；南方居住在平地的傣族、壮族面临的难题或是射穿岩石，或是认出妻子，或是分拣米谷等；南方居住在山地的民族则充分反映了其居住环境的特点。例如，难题是砍一大片树、烧好田、播种、收获，反映了此地的农业生产模式。以下选取几个不同的难题考验，对比分析一下各地各民族的难题考验：

1. 老女人一声吆喝，从屏风里走出七个姑娘，个个长得都是那么美丽，个个都和董永的妻子一个样。董永瞧着她们就犯愁啦。王母娘娘说："董永，找吧，找错了就打死你！"董永说："我说不出哪个是哩！"王母娘娘说："那么，你就走吧！可别再来啦。再来么，找不出就杀了你！"

董永回到家，没有办法，唉声叹气的。他母亲叫他再去找兔大哥，他也不去，就睡着了。他仿佛看见他的妻子飘飘然从天上落下来，对他说："董郎呵，在天宫我是不敢认你的。明天，你带着我们的儿女，到天上去，这么办……就不怕母亲赖了。"妻子教给董永一套办法，说完就飞上天了。董永一扑，

① 君岛久子：《羽衣故事的背景·民间文艺集刊》，第8集，1986。

摔倒在地上，一看原来是一个梦！

第二天，董永抱着一儿一女，又坐在兔大哥的半个葫芦里，上天了。这一次王母娘娘更生气了，她叫来天兵天将，把董永围住，命令他们如果董永再认不出妻子，就将他们父子三人都给杀死。

董永不慌不忙地来到七个姑娘面前，姑娘们瞧着他，谁也不敢响一声。突然，董永将一儿一女摔到地上，一人一巴掌，两个小孩哇的一声哭了。这时，就见那第七个姑娘转过身去，哭了。董永高兴地抓住她说："就是她，就是她！"王母娘娘早已气得脸色发紫，叫道："好个不要脸的丫头！"七仙女哭道："我要跟我的儿女去！"董永说："你说过我认出了妻子就领回去。"王母娘娘没有办法，她只好答应了。

七仙女和董永一人抱着一个孩子，欢欢乐乐地回人间来了。(流行于黑龙江省齐齐哈尔)

2. 有一天夜饭后，岳丈叫女婿，一同出去打猎。他妻子听了，晓得父母不怀好意。就急忙喊他到旁边说道："你同他去必要小心，到夜晚他睡的时候，他的两脚要靠在你身上的。现在我送你一段木头，等他睡着之后，你可把这木头垫在他的脚下，离开他去睡，才不致受他的毒手。"当夜岳婿两人一同出去打猎，走到一个山顶上，时已三更。岳丈说道："我俩人就到此地睡罢。"岳丈就叫他到近岩壁的一边睡着，旁边就是万丈岩壁，岳丈打算待女婿睡后，一脚把他踢下岩壁断送他的命。不料他自己却先睡着了，女婿待他熟睡之后，就把那木头垫在他的脚下，另向一边去睡。岳丈一觉醒来，用力一脚踢去，以为女婿必被踢下去了。不料女婿仍在一旁，也睡醒了。那时天已明亮。岳丈就爬起身来说道："我俩回去。"女婿便跟着他一同回家去了。

第二天五更时候，岳丈就起来叫女婿道："今天你去到三个坳三个坡的地方，把所有的树木都给砍倒，今天定要完工，不然你就休怪我为岳丈的不客气！"女婿只得提着斧头闷闷不乐地走到那坡上去砍树。一直砍到他妻子送早饭来，还没有砍上三根。见了妻子哭道："我今休想活了！这样多这样大的树木叫我怎样砍得完？"妻子答道："请你不要害怕！我自有办法。且请快些吃饭。"只听他妻子口中念念有词，忽然间一阵狂风，把那三个坳三个坡的树木都吹断了。他一见转忧为喜。妻子嘱咐他道："你等到夜晚再回来！免得他起疑。"说罢提着饭箪回去了。他待到天色已黑，回到家来。岳丈问道："砍完了吗？"他便回答砍完了。岳丈也不多话，便一同喝酒，吃过夜饭便各自睡觉去了。

第三天，岳丈又早早起来，叫女婿道："今天你把昨天砍断的树木，全部烧完。"他就急忙起来，带了火把走到那里，就架起火来烧。不料树木都是生的，无法烧着，一直到他妻子送早饭来，还没有烧着一根。见了妻子又哭道："昨天蒙你相救，得免于死。今天恐是不免一死的了！"妻子答道："请你还是不要害怕！仍有办法。且请快些吃饭！"他一面吃着饭，又听妻子念念有词，忽然间又起了一阵火风把那三个坳三个坡的树木，烧得干干净净。他一见更是欢喜。妻子又嘱咐道："你还是要等夜晚才可回来！"说罢，又提着饭箪去了。待到天色黑了，他又回来。岳丈问道："烧完了吗？"他又答称烧完了。岳丈仍不多话，便一同喝酒吃过夜饭，也是各自睡觉去了。

第四天，岳丈又早早起来，叫女婿道："今天你拿三石三斗三升的小米，到你烧的地方去撒，三个坳三个坡的地方都要撒到。"他又急忙起来，挑了三石三斗三升小米去到那里赶快就撒。撒了一早，还没有撒上十丈宽的地方。等到妻子送早饭来，还是对妻子啼哭。妻子还是叫他不要害怕，且快吃饭。妻子又念念有词，忽然间又是一阵狂风，把那三石三斗三升小米都吹撒在三个坳三个坡了。妻子又嘱咐他等到夜晚再回家。便提着饭箪去了。及至天黑回家，岳丈又问："撒完了吗？"他便答称撒完了。当夜无话，各自睡觉。

第五天，岳丈又早早起来，叫道："今天你把昨天所撒的小米全拾来，不可少了一粒。"他又急忙起来，担着箩筐走去拾取小米。拾了一早晨还不到半升。心里非常忧虑，不觉啼哭起来。妻子又送饭来了，见他哭泣，知他又有为难，便对他说道："我有法子拾起来。"说罢仍是口中念念有词，忽然间来了千百鸟雀，替他啄食。不上两个时辰，就把三个坳三个坡地方的小米，都拾得干干净净。拾完了，各鸟都飞到箩筐里吐出。内中有一个小鸟拾得之后，就飞去了。妻子仍是嘱咐丈夫待夜晚回家，然后自己先返。及晚回到家里，岳丈又问："拾完了吗？"他又答称拾完了。岳丈就拿起升斗来量，却少了一些。便大发雷霆，骂道："你看少了我这些小米，该当何罪？"妻子在一边听了父亲发怒，急忙走来问父亲为什么发怒？父亲厉声道："你看他少了我这些小米。"女儿说道："请不要发怒！无论什么东西经过一撒一收，总要少掉一些，不可归罪于他。"父亲一想，倒也不错。便赦了女婿的罪。仍然吃酒吃饭各自睡觉。

第六天，岳丈又早早起来，叫女婿道："今天你再去到三个坳三个坡的地方，把所有竹子，都要砍倒下来！"他由睡梦中惊醒，听见吩咐，立刻起来，提着斧头走去砍那竹子，砍了一个早晨，还没有砍上五根。妻子又送饭来了。他流泪道："今天叫我怎能砍完这些竹子，恐仍不免一死。"妻子道："那么多的树木都砍完了，何愁这些竹子。"说罢便又念念有词，忽然一阵狂风，把那些竹子都吹断了。他又转忧为喜。妻子照旧嘱咐他待夜晚再返，先自回去。及夜他回到家里，岳丈又问："砍完了吗?"他照旧答称砍完，一宿无话。

第七天，岳丈又叫他把所砍的竹子，把竹头一律削尖，搬到某山的山顶上去。他只得又提着柴刀走去，削了又搬，搬了又削，一早晨也搬不上几根。妻子又送饭来，见丈夫哭泣，知道又有为难，只得安慰他几句，又口里念念有词，忽然又是一阵狂风吹起来把那些竹子都吹尖了头，一一吹到山顶去了。及至天黑回去，岳丈又问："搬完了吗?"他又答称搬完了，一宿无话。

第八天，岳丈一早起来说道："今天我二人同去，我到山顶上把竹子丢下来。你在山脚下一一接着!"妻子听了，忙对丈夫说道："今天他又要谋害你了，须要小心！现在我送你马鞭一根，他丢来的时候，可拿着马鞭打着，且不可用手接。丢过了三根你可躲在一边，再不要答应他了。你回家的时候，还要比前几次迟一些。"他就一一记在心头，暗暗拿起马鞭，跟他岳丈去了。到了那里，岳丈就上山，从山上把竹子丢下来，他就用马鞭一打，化成一条小蛇去了。岳丈又丢第二根来，他又用马鞭一打，化成一只蜜蜂去了。岳丈又丢第三根来，他又用马鞭一打，化成一条鱼去了。他打了三根，就走到一边躲避去了。岳丈又丢第四根来，听得无人答应，心想必定死了。就赶忙地丢，丢到黑夜，把那些竹子都丢完了才回来。他在山下听见没有竹子丢了，想必岳丈已经回去，他也就回到家里。岳丈惊问道："你没有死，怎么不答应我?"他答道："我在山下接着竹子，因恐接不着，所以不得空答应你。"岳丈也没有话说，又一同吃酒吃饭，一宿无话。

第九天，岳丈又叫女婿道："今天你去你外公屋里借个鼓来！”妻子听见了，即引他到没有人的地方说道：“你外公就是雷公，性子极暴，你到他屋里借鼓，不可问他，可私自扛来。他必来追你，现在我送你三样东西：一是一把凿子、二是一个梭子、三是一把针。若他追你将赶到的时候，可丢去一样。丢完这三样，你也回到屋里了。到的时候，你岳丈叫你轻轻放下，你却不要听他。可用力高高地一扔。”他一一记在心里，就飞跑着去了。到了雷公的家里，看见鼓放在堂屋，就背起来飞也似地跑了。雷公见鼓被人扛去，又不问他，立刻大怒，随后追去。差不多要赶上了，他就丢下一把凿子，化成一重岩壁，把雷公挡住。等雷公爬过那重岩壁，他已走远了。没有多久，雷公又快赶上了，他又丢下一个梭子，化成一条大河，把雷公阻住。等雷公渡过那条大河，他又去远了。没有多久，雷公又快追上了，他又丢下一把针，化成一丛很密的森林，把雷公阻住。没有跑多久，他就回到家里了。岳丈就叫他把鼓轻轻地放下。他到门口，用力高高地一扔，那鼓轰的一声响。好似打雷一般，把岳丈和外公的肚皮都震破了。后来他们夫妻儿女，就在天上过活了。(流行于湖南湘西苗族)

3. 她望着阿郎说：“我的父亲就要从外面回来，你暂时躲在这里吧。”不久，妖怪回来了。它嗅到了人的气味，便把五个仙女叫去拷问，要她们回答有没有生人到这里来。仙女们都说没有。妖怪不信，到每一个房间搜查。阿郎见了妖怪，一点也不慌张，还向它说明了来意。妖怪瞪了阿郎一眼，冷笑了一声，说道：“像你这样能娶我的女儿吗？你想娶她，就要答应我一件事：明天早上要给我拿一块发光的宝石来。”妖怪说完，叫人把阿郎安置在一间简陋的房子里。阿郎心里十分烦闷，躺在床上翻来覆去地想着：明天早上从哪里拿发光的宝石送给妖怪呢？这时正是夜深人静，红衣仙女悄悄地来和阿郎相会。仙女见他闷闷不乐，问他有什么心事。阿郎就将心事告诉了她。仙女安慰他说："你别发愁，宝石就在第三峰顶上。我有一个夜明珠可以给你照路，你把它拿去吧。"

阿郎拿了夜明珠，连夜赶路出发。他用尽了全身的力气才爬上了第三峰顶，可是东找西找也找不到宝石，后来由于过度的劳累，他昏迷过去了。忽然，一阵清风吹过，他苏醒过来。这时，飞来一对金凤凰，它们一边在嘀咕着：

"这里的宝石怎么不发光呢？"

"原来是发光的，后来给大圆石压着，就不发光了。"

阿郎听了一下子爬起来，用力搬开大圆石，果然看见闪闪发光的宝石。他把宝石放在自己的手心上，一合眼，一阵风把他送回仙女的家。这时，天亮了，他拿宝石给妖怪，妖怪感到不满足，又想出第二个条件，对阿郎说：

"拿到宝石还不行，你想娶我的女儿，限你在今天太阳正中的时候，要把第四峰上的那只山豹捉回来；要是擦伤了豹的一点皮，那就不算数。"

阿郎闷闷不乐地回到房间。仙女来看他，他便把这件事情告诉了仙女，仙女说："我的父亲有一张捕猛兽的网，等他睡熟以后，我拿来给你带去。"

阿郎带着捕兽网来到第四峰，果然乱草丛中有一只大山豹"噗"的一声，迎面向他扑来。阿郎敏捷地一闪，大山豹扑了个空。阿郎打开捕兽网，山豹第二次扑来，就被套进网里了。阿郎将大山豹背回来，关在仙女家后花园的一个大铁笼里。中午时分，妖怪一觉醒来，便立刻要阿郎把大山豹牵去给他看。阿郎正愁没办法，仙女走来对他说：

"我的房间里有一瓶药酒，让大山豹吃醉后，你拿一条铁链套在它的颈上就可以牵去了。"

妖怪得了大山豹，心里仍然不满足。眉头一皱，又想出第三条计谋，对阿郎说：

“今夜你拿海象肉来给我送酒，我就把女儿嫁给你了。”

阿郎心想，这多么难啊！现在天色已晚，我怎能跑到那遥远的海边去捉海象呢？他正在为难，仙女来了，对他说：

“别发愁，我有一条头巾，你坐上去，一会儿就到海边了。”

阿郎坐上仙女的头巾，一合眼果然有一阵清风把他送到海边来。但海象游在大海里，怎么能捉到呢？他在海滩上一边走，一边想。他看见一只海鳖，要求海鳖到海里引诱海象上岸来。海鳖到了海里跟海象说：

“我们一起上岸去玩吧！岸上很热闹呢。你看，飞鱼都飞到岸上去跳舞了。”

海象一上了岸，阿郎就悄悄地走来把它擒住，坐在头巾上回去，把海象肉送给妖怪。阿郎想，妖怪提出的三个条件都做到了，便要妖怪答应准许娶它的女儿。这时，妖怪却翻起脸来，凶恶地说：

“你别乱想！我已将我的女儿嫁给山洞里的一个魔鬼了。”说完，哈哈狂笑起来。

深夜，仙女悄悄和阿郎相会，阿郎望着仙女不满地说：

“你的父亲将我们活活拆散了，我真恨透了它！它这个吃人的大妖怪！我恨不得一刀杀死它！”

仙女靠近阿郎说：

“我也恨死了它。还听它说明天就要把你吃掉。但这个妖怪懂得魔术，恐怕杀不了它，还是让我们一起逃走吧。”

阿郎默默地点头同意，于是他们便马上向山下跑去。妖怪的随从看见他们逃走，赶忙去禀告妖怪。妖怪听后大怒，从山顶推下一块大石头，想一下子把他们砸得粉身碎骨。阿郎看见石头滚来，急忙拉仙女往旁边一闪，石头轰轰隆隆地滚下去了，地上被打成了一个又深又大的窟窿。妖怪见石头打不着阿郎和仙女，就来追赶他们。阿郎见妖怪赶来，拿出宝弓“嗖”的一声，射中了妖怪的一只眼睛。妖怪更暴怒了，吼叫了一声，挥着宝剑赶来要斩阿郎，阿郎也拔出宝剑和它对抗。两把宝剑在空中发出叮当的声响。妖怪的攻势越来越猛，阿郎眼看抵不住了，妖怪把宝剑对准他的胸膛就要刺来，这时仙女把头巾一抛，罩住了妖怪的头，阿郎一转身，一剑将妖怪斩死了。（流行于海南岛黎族）

| | 汉族 | 苗族 | 黎族 |
|---|---|---|---|
| 难题 | 认出自己的妻子 | 打猎、砍树木、烧树木、撒种、捡米种、砍竹子、削尖竹子、搬运竹子、借鼓 | 取宝石、捕山豹、取海象肉 |
| 最后的结局 | 在仙女的帮助下，通过智慧成功地解决难题，夫妻二人重新回到人间 | 在仙女的帮助下，运用法术或者生产知识解决难题，杀死岳丈，留在天上生活 | 在仙女的帮助下，运用法术或者勇气解决难题，一起逃到人间，后二人一起殉情而死 |

通过上面表格的简要分析，可以看出汉族的难题主要是岳母对女婿智慧的考验，这些难题多是一些智慧型的难题，男性面对难题往往束手无策，他们经常是在仙女的帮助下才使难题得以解决。但是岳丈（母）在男子顺利解决难题之后，一诺千

金让女儿跟着自己的丈夫重返人间，一起生活。岳丈或者岳母和女婿之间不会存在敌对矛盾。但是这种情况在少数民族的同类故事中表现的却恰恰相反。首先少数民族的难题经常是对男子生产知识的考验，故事中这些男子经常是勇气可嘉，但是缺乏谋略，他们同样面对难题一筹莫展，在妻子法术的帮助下顺利通过考验，但是他们的岳丈通常出尔反尔，最后男子为了与仙女在一起生活，不得不选择杀死岳丈，或者留在天上生活，或者回到人间。从男子与岳丈的矛盾深浅程度的不同可以看出历史上妻子婚后从夫居的斗争经历了多么残酷的斗争，并且还可以看出少数民族的这种斗争要远远比汉族激烈得多。

面对岳丈出的各种难题，男子大多是在妻子的帮助下顺利地解决了难题，使得自己可以重新和妻儿一起生活。但是还有一部分故事反映的是男子没有听从妻子的建议，结果使得妻离子散，夫妻分离。这种结局就是君岛久子所谓的天河七夕型故事，就是我们前面所谈的牛郎织女型故事。

# 第五章

# 我国天鹅处女型故事的文化象征分析

## 水崇拜与沐浴

### 一、水与水崇拜

一直以来我国民众把水看成是物质世界极为重要的组成部分，甚至认为水是“万物之本原，诸生之宗室也”，即把水看成了构成世界万物的唯一元素。水之所以被当做万物始源、创世圣物，是因为水与植物的生长、水生动物的存活有直接的关系。地球上任何生物、生命体的产生、发展都离不开水，缺水的土壤长不出庄稼，缺水的有机体会走向死亡。古代民众一方面深知水对维持自己生命的重要性，另一方面又苦于搞不清楚水的喜怒哀乐。水量太少或者太多都会直接影响人类的生存，留存至今数量丰富的洪水神话便是人类在大水面前无能为力最有力的证明。面对水的反复无常，自然科学知识缺乏的先人便很自然地产生了对水的崇拜，对水产生了各种各样的想象。

首先，民众对水的自然来源——雨水存有敬意。农耕社会，水是制约农作物丰歉的命脉，尤其雨水在其中更是发挥着决定性的、不可替代的功能。干旱的时候，虽有江河之水灌溉田地，但是引水灌溉的成本却很高，加上古代生产力水平的限制，使得除了离江河较近且利于灌溉的农田可引江河之水解除干旱之外，其余大部分农田的庄稼只能依赖老天降雨的滋润。另外，淫雨不止又会造成江河暴涨、洪水肆虐、吞没良田。这种靠天吃饭的状况，使人们对雨水的依赖与敬畏之情在某种程度上并不亚于江河，其具体表现就是中国百姓产生了龙王崇拜以及走上了漫长的祈雨之路。

其次，民众对水的自然存在——江河湖海存有敬意。中国作为以农业立国的国家，社会的安定、政治的稳定与否在很大程度上取决于农业是否丰歉；而农业收成的好坏，从根本上说主要取决于江河是否驯服。江河一旦堤岸失修，必会造成洪水泛滥，百姓流离失所。所以当人类面对奔流不息的江河时产生了对这些自然存在的水流的崇拜。早期的人类历史上出现的自然崇拜对象，并不是自然神，而是自然物和自然力本身。当然在原始人万物有灵的观念下，这种自然物和自然力是被神灵化的，是有人性的，只是没有被赋予生命的形体而已。水崇拜的最初对象是水灵，就是那些被神灵化的水体，包括江、河、湖、海、溪、泉、井等各种不同形式无生命的水体。水灵是一种模糊不清、只存在于人头脑中的物体，是幻想中的超自然力的存在。所以对水灵的崇拜，在直观形式上往往表现为对水体的直接崇拜和祭祀。

古代民众在“水生人、水生天地万物”观念的基础上，进一步对水有了更细微具体的认识。首先是对水与生命力的关系有了更深的认识，民众以相似律思维方式推想天地万物及人类皆源于水，由此产生了大量的包含天地万物源于水、人类祖先生于水的古老信仰观念的水生神话。神话中，江、河、湖、海、水汽、云、雨可以形成天地孕育人类，他们认为水是生命的源泉，各种不同的生命形式从本原上来讲都是由水转化而来的。例如，佛经上说，释迦牟尼的母亲摩耶夫人临近产期，有一天去游玩兰毗尼园，忽然觉得肚子疼得难以忍受，后在无忧树下顺利地产出悉达多太子。太子一出世就与众不同，一手指天，一手指地，惊动了难陀和伏波难陀龙王。二位龙王见是悉达多出世，赶紧前来口吐清水，为悉达多太子沐浴身体。后来，佛教徒们在释迦牟尼涅槃后，在他的诞辰日这一天按照这个传说举行浴佛仪式。浴佛一方面是为了纪念佛祖诞辰，另一方面浴佛的水是吉祥水，参加浴佛活动的僧俗用这个水在头顶上滴几滴，可以使心灵清洁，神智清醒。

再次，民众认为水与生物的生殖繁衍有关，水可以增强生物的生殖力。水成为增强生殖力、生命力的象征性符号，受到人们的顶礼膜拜。在这种认识的基础上形成了大量的女子通过与水接触怀孕生子的神话传说。例如，讲述女子沐浴（触水）时吞食或接触某物后怀孕生子的故事，这种故事主要反映的是介于原始社会末期和农耕社会初期的社会生活，沐浴的女子多为氏族的始祖母。例如，满族流传的《天鹅仙女》故事。故事内容主要讲三个天鹅变的仙女飞到人间在长白山下响布尔湖里洗澡时，一只叼着红果的金鸟飞过，红果恰巧掉进小仙女佛古伦的嘴里，她因此怀孕并且生下一名男婴，她给这个孩子取名为爱新觉罗·库布里雍顺。她给这个孩子做了条小船，把他放在上面让他顺水漂走，自己则飞回天上。这个孩子看见自己的母亲变成天鹅要飞走，就叫“鹅娘，鹅娘”！从那以后，满族人便称自己的母亲为鹅娘，久而久之，鹅娘便成为“额娘”。这种女子在水中怀孕的传说故事就是先民认为水具有生殖力的最佳体现。

古人认为水具有生命力、生殖力，所以在后来的观念中水又逐渐与男女之事相联系。男女结合最重要的基础是二人相互钦慕，所以水又成为男女性别以及男女情爱的象征。在神话传说中，人们赋予山水以性别，并且都具有神秘的生殖能力，水往往是女性的象征，各种水神大多是女性，山则是男性的象征。在先秦的一些思想家那里，把山水与阴阳对应起来，以山水相配象征男女结合，进而象征天地的结合。这种象征后来又转化为男女在水边相会狂欢。我国古代第一部诗歌总集《诗经》中保存了大量以山水相会来象征男女相会的诗歌。《诗经·郑风·溱洧》就反映了男女相会的习俗：“溱与洧，方涣涣兮。士与女，方秉兰兮。”毛传曰：“涣涣，春水盛也。”《蒹葭》：“蒹葭苍苍，白露为霜。所谓伊人，在水一方。”《汉广》：“南有乔木，不可休息。汉有游女，不可求思。”这种水边定情的风俗至今还保存在我国一些少数民族中，例如，壮族青年男女三月三的“歌圩”活动就是借在水湄进行对歌，自由选择自己的恋人的风俗活动。

古人还认为水有消灾治病的神奇力量。民俗认为在特定时节生成的露水，具有祛邪禳灾的功效，如谷雨日所收的露水，用来画符并贴在墙上，有战胜诸毒的作用；农历四月初八所收的露水用于磨墨，书写咒语于红纸之上，再贴到墙上，可禳蝗灾；农历八月初一——“六神日”所收的露水以调朱砂点灸，可去百病。在古代医学中，流水、泉水、井水都具有突出的疗病功能，例如流水可以医治病后虚弱、肾虚脾弱、阳盛阴虚，新打上来的井水可以疗病利人，用此水洗濯可以让人容貌美丽。水可以治病，主要是因为古人相信水具有生命力，所以所治之病也主要集中在生殖方面。在医疗条件比较落后的古代，水的这一功用更为重要。例如，农历三月三的上巳节，古代民众在这一天要到水滨进行沐浴。女子来到水边修禊事，其主要目的就是乞子。沐浴时，她们通过捡食或触摸水中的生殖象征物等形式来满足其心里祈求子孙的需要。还有的地方人们把枣子、煮熟的鸡蛋这些生殖象征物抛在水中，让沐浴的女子争食，以期获得更强的生殖力。还有的地方是让女子在水里摸石，以达到乞子的目的。例如，所谓“四川横县玉华池，每三月上巳有乞子者，渡得石即是男，瓦即是女，自古有验”。

二、水与沐浴

在古人观念中水具有神奇的生命力、生殖力，可以去病消灾，民众为了趋利避害，穷尽办法最大化地利用水，希冀在水的神奇力量的帮助下，使自己的生活平安幸福。那么怎样才算最大化地利用水呢？那当然是在水里沐浴了。沐浴时，人的整个身体都可以浸泡在水里，把身体复归在生命之源里，人们相信可以获得源源不断的力量。因此围绕沐浴古人也形成了一些信仰与习俗。

水被视作一种能够孕育生命的奇妙物质，《管子·水地》中说：“人，水也，男女精气合而水流形……故曰水者何也？万物之本原，诸生之宗室也。”在古人看来水是生命的本原，女子只有跟水发生接触才能获得新的生命，而沐浴则是最大面积地跟水发生接触的有效方式。于是先民让女子通过沐浴，让身体接触水，汲取生命的源泉，达到怀孕生子的目的。如云南永宁纳西族妇女、哀牢山彝族妇女的乞子活动中都有女子沐浴的仪式。原始初民不仅相信沐浴可以祈得孩子，还认为梦见水可以预兆顺利生产。例如，流传至今的《周公解梦》中关于水的解析：梦见向平静的水面眺望表示人际关系非常顺利；梦见在水上任意步行表示愿望即将实现；梦见水面泛起涟漪表示即将开始新的恋爱；梦见溺水表示自己的健康会出现问题，旧病复发的可能性非常大；梦见自己的家被洪水冲倒表示家人之间要发生争执；梦见在家里洗澡表示交际方面的运气会好转；梦见在公共场所洗澡表示财物运要上升。可见在古人心目中水涉及个人生活的方方面面。还有例如，《北史·窦泰传》就记载窦泰母亲梦水生子的故事。窦泰母亲在还没有怀孕的时候，一天晚上突然梦见风雷暴起，好像要有大雨降临，其母走出房间到院子里，又看见夺目的电光划破长空，不一会儿大雨降临，把她的身上全淋湿了，梦到这里的时候，窦泰母亲被吓醒了，全身是汗，随后不久她就发现自己怀孕了。到了要生产的时候却又迟迟不产，她心里非常害怕。这时有一个巫师对她说梦到过河或者洗衣服生孩子一定会非常顺利的，不用担心。她听从巫师的建议，向有水的地方迁居，忽然又碰到一个人对她说她会生一个尊贵的儿子。她的母亲听从了这个人的建议，不久就顺利地生下了窦泰。至今还有一些地方利用水助产，例如，云南普米族妇女难产时，就用水洗腹，甚至有以薰疗法催生的习俗。

沐浴被认为能够增强人特别是婴儿的生命力。例如，希腊神话特洛亚特战争中的主要英雄阿基里斯（Achilles）。他的母亲为了使他长生不死，曾倒提其脚浸泡于斯堤克斯河水里，从此他刀枪不入，只有母亲手提的地方因没沾上河水而成为他的致命弱点，所以英语中用 Achilles' heel（阿基里斯之踵）比喻唯一致命的弱点。现在留存于我国各地的给新生婴儿“洗三”习俗也是这方面观念的印证。新生婴儿三天之后要由婴儿的舅舅给他进行全身洗浴，以保证婴儿日后健康成长。水为生命的源泉，用水为婴儿洗浴就认为可以增强小孩的生命力，使他能够消除疾病，摆脱灾难，从而健康成长。被水浸润之后就意味着永存的生命力，旺盛的活力，所以在水中浸洗后可以长生不死，永不疲劳。“洗三”正是为了得到这样顽强的生命力而举行的仪式。

沐浴可以治疗各种疾病。囿于社会生产力的限制，古人对自己患各种疾病缺乏正确的认识，他们认为人之所以会得各种各样的疾病是由于邪魔附体所致。因此，水中沐浴不仅仅是为了除去身上的污垢，更重要的是为了祓除附在身体上的邪魔。祓除了身上的邪魔，也就去掉了产生疾病的祸根。这种水中沐浴仪式在我国古代一直很盛行，这就是被我们称为“祓禊”的仪式。这种仪式一般选择在农历三月初三举行。这时正值冬春交替之际，春季是疾病和瘟疫的高发期，尤其是冬春之交，人们急欲摆脱冬季不得不蛰居家中，天气寒冷又不便洗浴的困扰，现在春暖花开，人们趁此时出去沐浴清洁，正好换换心情，在流水中洗除污垢，并且这时也是易染时疾的时候，人们趁此机会还可以举行各种驱邪活动来禳灾。这一风俗最早出现在先秦时期，《周礼·春官·宗伯》记载：“女巫掌岁时祓除衅浴。”郑玄注：“岁时祓除，如今三月上巳，如水上之类；衅浴，谓以香薰草药沐浴。”《韩诗》曰：“郑国之俗，三月上巳，之溱、洧两水之上，招魂续魄。秉兰草，祓除不祥。”据此朱熹也说：“郑国之俗，三月上巳之辰，采兰水上以祓除不祥。”古人认为兰草有特殊香气，有除污去邪的作用，因此沐浴时要加兰花。汉代以后，上巳节水边祓除活动非常盛行，人们怀着一种消灾除祸的虔诚心理进行祓除活动，《汉书·外戚列传》记载：“帝祓霸上，还过平阳主。”颜师古注曰：“祓，除也。于霸水上自祓除，今三月上巳祓禊也。”《后汉书·礼仪志》记载：“是月上巳，官民皆洁于东流水上，曰洗濯祓除去宿垢为大洁。洁者，言阳气布畅，万物讫出，始洁之矣。”

沐浴可以净化精神、灵魂，达到某种宗教目的。钟敬文先生在《中国的天鹅处女型故事》文章中列举希腊、印度以及中国等各地的神话和民间故事里存有的天女洗澡情节，指出这其中带有“除秽”一类宗教的意味，含有净化的目的。这种仪式至今还保留在民众的日常行为中。在我国民间各地民众的进香仪式中，多数香客都会在进香之前进行沐浴，以表示对神灵的尊敬。尤其参加各地大型佛道庙会时，不论是与会者还是组织者都会提前一天乃至三天沐浴，把身体洗干净，身心俱净地面对神灵。香客认为只有这样做才可以表达自已对神的虔诚。这种行为可以说是继承了我国古代巫师在敬神之前用香草沐浴的传统。古代巫师是人神沟通的使者，他们在每次祈祷、敬神的时候都会用椒、兰等香料配水进行沐浴，使身体散发芳香的气味。这种散发着芬芳气味的身体在古人看来更容易和神进行沟通，在古人观念中，芳香和洁净是相通的。芳香的物品必然洁净，这是一种通感。随着历史的发展这种专门由巫师专人用香草水进行沐浴之后祭祀神灵的仪式逐渐向民间普及化，并且程序也由繁到简，人人都可以做人神交往的使者，都可以在祭祀神灵之前进行沐浴，通过洁净其身来表达自已对神灵的虔诚和尊敬。

## 天鹅与羽衣

### 一、天鹅

#### （一）天鹅的自然特性

天鹅属雁形目鸭科，是其中最大的水禽，现在全世界的天鹅总共有七八种，其中有五种生活于北半球，它们身体均为白色，嘴多为黑色，上嘴部至鼻孔部为黄色，脚为黑色。天鹅长长的脖颈，坚实的身体，大大的脚掌，这种体貌不仅使它看起来体形优美，而且比其他水禽在水中或空中的行动都要快速。天鹅在游泳时脖子经常伸直，两翅贴伏；在水中滑行时神态庄重，飞翔时长颈前伸，缓缓地扇动双翅。越冬迁飞时在高空组成斜线或“人”字形队列前进。天鹅的分布区域非常广阔，但是它们的活动范围常常受当年气候因素的影响，如果气候温和，它的繁殖区域可以向北方扩展，繁殖时间也可以提前一些；而在气温较低的年份，它的越冬区则可以到达长江流域以南的地区，寻找没有被冰封的水域，以便获取足够的食物。

天鹅是一种冬候鸟，喜欢群栖在湖泊和沼泽地带，食物主要以水生植物为主，寻觅食物时它以头钻入（不是全身潜入）浅水中觅食。每年三四月间，它们大群地从南方飞向北方，在我国北部边疆省份产卵繁殖。

天鹅不仅在照顾孩子时负责任，最主要的是在婚后生活中对配偶十分忠诚。它们在求偶时以喙相碰或以头相靠。一旦结为夫妻它们就保持着“终身伴侣制”，它们不管是在飞往南方越冬的途中还是在觅食或休息都保持出双入对。它们不仅在繁殖期彼此互相帮助，平时也是成双成对，如果一只死亡，另一只也为之“守节”，终生单独生活。

天鹅在我国的分布范围十分富有地域性，它们在我国北部和西部繁殖。例如，天山脚下的天鹅湖就因为其幽静的自然环境，每年都吸引成千上万的天鹅在这里栖息繁殖。春夏两季每天碧绿的水面上都会有悠闲的天鹅在上面自由地游弋；9 月中旬或者 10 月初，它们又会成群结队地南迁，常常 6 ~ 20 只组成小群，排成“一”字或“人”字队形，边飞边鸣，主要栖息在我国华中及东南沿海地区越冬。

（二）天鹅的文化寓意

天鹅羽色洁白，体态优美，叫声动人，行为忠诚，在全世界不同文化中被不约而同地作为纯洁、忠诚、高贵乃至世间一切美好事物的象征。

这种对天鹅进行文化解读最著名的是法国 18 世纪的博物学家布丰。达尔文在《物种起源》导言中称他“是现代以科学的眼光对待这个问题（进化论）的第一人”。他少年时期就喜爱自然科学，后来结伴一位年轻的英国公爵，一起游历了法国南方、瑞士和意大利，增长自己的见识，他毕生从事博物学的研究，每天埋头著述，四十年如一日，终于写出三十六册的巨著《自然史》。这部著作包括地球史、人类史、动物史、鸟类史和矿物史等几大部分，综合了无数的事实材料，对自然界作了精确、详细、科学的描述和解释，提出许多有价值的创见。这部巨著还有很高的文学价值和较高的艺术价值，这个体现在对动物的描绘方面，布丰不是用完全客观主义的态度去介绍这些动物，而是带着亲切的感情，用形象的语言替它们画像，因而描写生动具体、饶有兴味。

《天鹅》

布丰

在任何社会里，不管是禽兽的或人类的社会，从前都是暴力造成霸主，现在却是仁德造成贤君。地上的狮、虎，空中的鹰、鸷，都只以善战称雄，以逞强行凶统治群众；而天鹅就不是这样，它在水上为王，是凭着一切足以缔造太平世界的美德，如高尚、尊严、仁厚等。它有威势，有力量，有勇气，但又有不滥用权威的意志、非自卫不用武力的决心；它能战斗，能取胜，却从不攻击别人。作为水禽界里爱好和平的君主，它敢于与空中的霸主对抗；它等待着鹰来袭击，不招惹它，却也不惧怕它。它强劲的翅膀就是它的盾牌，它以羽毛的坚韧、翅膀的频繁扑击对付着鹰的嘴、爪，打退鹰的进攻。它奋力的结果常常是获得胜利。而且，它也只有这一个骄傲的敌人，其他善战的禽类没一个不尊敬它，它与整个的自然界都是和平共处的：在那些种类繁多的水禽中，与其说它是以君主的身份监临着，毋宁说是以朋友的身份看待着，而那些水禽仿佛个个都俯首帖耳地归顺它。它只是一个太平共和国的领袖，是一个太平共和国的首席居民，它赋予别人多少，也就只向别人要求多少，它所希冀的只是宁静与自由。对这样的一个元首，全国公民自然是无可畏惧的了。

天鹅的面目优雅，形状妍美，与它那种温和的天性正好相称。谁看了它都顺眼。凡是它所到之处，它都成了这地方的点缀品，使这地方美化；人人喜爱它，人人欢迎它，人人欣赏它。任何禽类都不配这样地受人钟爱；原来大自然对于任何禽类都没有赋予这样多的高贵而柔和的优美，使我们意识到它创造物类竟能达到这样妍丽的程度。俊秀的身段，圆润的形貌，优美的线条，皎洁的白色，婉转的、传神的动作，忽而兴致勃发，忽而悠然忘形的姿态，总之，天鹅身上的一切都散发着我们欣赏优雅与妍美时所感到的那种舒畅、那种陶醉，一切都使人觉得它不同凡俗，一切都描绘出它是爱情之鸟；古代神话把这个媚人的鸟说成为天下第一美女的父亲，一切都证明这个富有才情与风趣的神话是很有根据的。

我们看见它那种雍容自在的样子，看见它在水上活动得那么轻便、那么自由，就不能不承认它不但是羽族里第一名善航者，并且是大自然提供给我们的航行术的最美的模型。可不是么，它的颈子高高的，胸脯挺挺的、圆圆的，仿佛是破浪前进的船头；它的宽广的腹部就像船底；它的身子为了便于疾驶，向前倾着，越向后就越挺起，最后翘得高高的就像船舶；尾巴是地道的舵；脚就是宽阔的桨；它的一对大翅膀在风前半张着，微微地鼓起来，这就是帆，它们推着这艘活的船舶，连船带驾驶者一起推着跑。

天鹅知道自己高贵，所以很自豪；知道自己很美丽，所以很自豪。它仿佛故意摆出它的全部优点，它那样儿就像是要博得人家的赞美，引起人注目。而事实上它也真是令人百看不厌，不管是我们从远处看它们成群地在浩瀚的烟波中，如有翅的船队一般，自由自在地游着，或者是它们应着召唤的信号，独自离开船队，游近岸旁，以种种柔和、婉转、妍媚的动作，显出它的美色，施出它的娇态，供人们仔细欣赏。

天鹅既有天生的美质，又有自由的美德；它不在我们所强制或幽禁的那些奴隶之列。它无拘无束地生活在我们的池沼里，如果它不能享受到足够的独立，使它毫无奴役俘囚之感，它就不会逗留在那里，不会在那里安顿下去。它要任意地在水上遍处遨游，或到岸旁着陆，或离岸游到水中央，或沿着水边，来到岸脚下栖息，藏到灯芯草丛中，钻到最偏僻的湾汊里，然后又离开它的幽居，回到有人的地方，享受着与人相处的乐趣——它似乎很喜欢和人相处。

天鹅在一切方面都高于家鹅，家鹅只以野草和籽料为生，天鹅却会找到一种比较精美的、不平凡的食料。它不断地用妙计捕捉鱼类；它做出无数的姿态以求捕捉的成功，并尽量利用它的灵巧与气力。它会避开或抵抗它的敌人：一只老天鹅在水里，连一只最强大的狗也不怕；它用翅膀一击，连人腿都能打断，其迅疾、猛烈可想而知。总之，天鹅似乎是不怕任何暗算、任何攻击的，因为它的勇敢程度不亚于它的灵巧与气力。

驯天鹅的惯常叫声与其说是响亮的，毋宁说是浑浊的：那是一种哮喘声，十分像俗语所谓“猫咒天”，古罗马人用一个谐音字“独楞散”表示出来。听着那种音调，就觉得它仿佛是在恫吓，或是在愤怒；古人之所以能描写出那些和鸣铿锵的天鹅，使它们那么受人赞美，显然不是拿一些像我们驯养的这种几乎喑哑的天鹅做蓝本的。我们觉得野天鹅曾较好地保持着它的天赋美质，它有充分自由的感觉，同时也有充分自由的音调。可不是么，我们在它的鸣叫里，或者宁可说在它的嘹唳里，可以听得出一种有节奏有曲折的歌声，有如军号的响亮，不过这种尖锐的、少变换的音调远抵不上我们的鸣禽的那种温柔的和声与悠扬朗润的变化罢了。

此外，古人不仅把天鹅说成一个神奇的歌手，他们还认为，在一切临终时有所感触的生物中，只有天鹅会在弥留时歌唱，用和谐的声音作为它最后叹息的前奏。据他们说，天鹅发出这样柔和、这样动人的声调，是在它将要断气的时候，它是要对生命作一个哀痛而深情的告别；这种声调，如怨如诉，低沉地、悲伤地、凄黯地构成它自己的丧歌。他们又说，人们可以听到这种歌声，是在朝暾初上，风浪既平的时候；甚至于有人还看到许多天鹅唱着自己的挽歌，在音乐声中气绝了。在自然史上没有一个杜撰的故事、在古代社会里没有一则寓言比这个传说更被人赞美、更被人重述、更被人相信的了；它控制了古希腊人的活泼而敏感的想象力：诗人也好，演说家也好乃至哲学家，都接受着这个传说，认为这事实实在太美了，根本不愿意怀疑它。我们应该原谅他们杜撰这种寓言；这种寓言真是可爱，也真是动人，其价值远在那些可悲的、枯燥的史实之上；对于敏感的心灵来说，这都是些慰藉的比喻。无疑地，天鹅并不歌唱自己的死亡；但是，每逢谈到一个大天才临终前所作的最后一次飞扬、最后一次辉煌表现的时候，人们总是无限感慨地想到这样一句动人的成语："这是天鹅之歌！"

（三）天鹅的自然属性与天鹅处女型故事的关系

传讲千百年的天鹅处女型故事虽然是现代民间文艺学家为了科学研究方便冠之以名，但是为什么偏偏会选择"天鹅"来命名呢？这自然是与我们上述的天鹅本身具有的一些自然属性分不开的。天鹅处女型故事中的天鹅美丽、聪明、善良，它可以从天上飞下落入水中，脱下羽毛，化作美女洗浴，它在凡人眼中就是异性美女的化身。天鹅这诸多的自然特性使人浮想翩翩，产生出情节优美的传说故事。

1. 优美的体形与美女

天鹅是公认的水上最美的鸟禽。它披一身银白雪亮的羽毛，飞翔时体态飘逸，走起路来步态悠闲，尤其是两条长腿更使其看起来神态优雅高贵，长长的脖颈便于它四顾流盼。可以说，现在语言词汇当中形容美女的所有词汇都可以用来形容天鹅。而这种美的感受与我们在欣赏美女时的感受应该是一致的吧！

2. 更换的羽毛与变形

天鹅是冬候鸟，以我国的大天鹅为例，它每年都会随着季节的转换而转移自己的居住点。在迁飞之前，天鹅首先要“换装”，秋天时节，成鸟要将飞羽全部脱掉，再换上新的飞羽。由于在换羽时期完全失去了飞翔的能力，很容易遭到天敌的袭击，所以大多隐藏到杂草丛生、水面成片、地形复杂、十分隐蔽的安全地带，就像已经神秘地销声匿迹了一样。10 月上旬，成鸟和幼鸟都已经全部换好了羽毛，具备了长途迁徙到越冬地的能力，大天鹅便开始分成小批陆续向南方飞去。最早迁离的是不繁殖的亚成鸟，携带幼鸟的成鸟稍晚离开，迁飞多在夜间进行，以免遭到猛禽等天敌的袭击，到 11 月底全部迁离繁殖地。它们可以飞越海拔 8000 多米的珠穆朗玛峰。

天鹅的变换羽毛与天鹅处女型故事当中的两处重要情节有关。一是羽毛更换与天鹅变形化作美女；二是它们在换羽毛时选择隐秘地点与故事中男子身匿隐秘处偷窥仙女洗浴之间的联系。脱下羽毛本是天鹅为适应自然气候变化的一种自我保护手段，但是这种脱换羽毛在科学知识尚欠发达的先人那里就被看做是一件不可思议的事情。他们无法对天鹅的这种行为作出合理的解释，反倒对它产生了惊奇与想象。面对脱羽而变形的天鹅，先民认为既然脱羽可以使天鹅长大，那么脱羽当然也可以使天鹅变为另一种生命形式，譬如人。所以天鹅处女型故事中才会出现“豫章新喻县男子，见田中有六七女，皆衣毛衣，不知是鸟”的情节。

更换羽毛时地点的选择对天鹅处女型故事中出现的“女子洗浴，男子隐秘偷窥”情节有直接生成作用。可以说，此类情节的出现是民众对天鹅这种生活属性的转型表达。故事中私自下凡洗浴的仙女在面对男子窃衣之后的无助就像脱下羽毛的天鹅一样没有了自我保护的能力，她们必须屈服于外界的力量。还有天鹅换羽毛时选择隐秘的地点与男子偷窥仙女洗浴时地点的选择有极大的相似。

3. 爱情考验与重返天庭

每年迁徙季节来临的时候，天鹅们的爱情便也开始要经历一段重要的考验期。它们无法确定，对方是不是一生厮守的爱人，于是它们选择用时间来考验这段爱情。它们放弃日日厮守的温情，只不过是为了更长时间的厮守和相爱。于是它们便跟着各自的队伍，义无反顾地转身飞走。这种天鹅与配偶分离，重返自己队伍的属性是天鹅处女型故事中天鹅留下孩子重回天宫情节产生的重要依据。天鹅的这种自然特性被古人借题发挥，演变成母天鹅由于各种原因离开自己的丈夫和孩子，飞回天宫的情节。第二年母天鹅与自己心爱的雄天鹅重在一起的现象，又被故事讲述者解释为男子历经千辛万苦寻找妻子的情节，找到妻子之后一家人重新团聚，幸福的生活。

天鹅这种与心爱的配偶分开这样的考验一般要经过漫长的三年。在这三年里，它们始终只爱着这一只，它们的心里，也始终只保留这一段爱情。当三年的考验期结束，如果两只天鹅觉得无法将爱情继续下去，它们便会友好地分手。但是如果它们依然彼此爱恋，其中的一只便会毅然地与自己跟随了许多年的队伍分开，转而飞向另一半的行列。而且自此，一直到彼此死去，再不分离或是背叛。天鹅经受分离考验，进而又重新团聚的属性与天鹅处女型故事中丈夫历经艰辛寻找妻子，完成丈人的各种考验之后带着妻儿回家的情节一致，可以说这种经受考验的自然属性是这种故事情节产生的重要基础。

4. 抚养孩子与家庭理想

天鹅是一种非常注重家庭和睦团聚的水禽。雌天鹅于每年五月间产下数枚卵后，由雌雄天鹅共同孵卵，二者分工明确，雌天鹅孵卵，雄天鹅就守卫在身旁，细心地保护着雌天鹅与孩子，一刻也不离开，遇到敌害时，它拍打翅膀上前迎敌，勇敢地与对方搏斗。为了保护自己的巢、卵和幼雏，敢与狐狸等动物殊死搏斗。

天鹅夫妇这种拼命保护自己家庭及其子女的举动让我们从心底里可怜天下父母心，也明白父母对子女的爱是不分动物种类、高低智愚的。天鹅这种家庭和睦团结的生活属性被人们移植到故事讲述中，就变成了故事中家庭生活其乐融融的景象描写，尤其是在牛郎织女型故事中把这种生活理想转化为对牛郎织女幸福的婚后生活描述，并且这种描述举不胜举：

自从牛郎和织女成家以后，牛郎和黄牛辛勤耕作，粮食大囤满，小囤流。织女心灵手巧，养蚕抽丝，纺线织锦，五年当中，生了一男一女，全家连黄牛算上五口，吃得香，穿得光。日子过得实在舒坦。(《牛郎和织女》)①

原来这织女是天上的仙女，她看牛郎老实憨厚，长得也眉清目秀，就安心和他过日子。这织女心灵手巧，织出的绸缎，明光闪亮，世上少有。据说人穿上冬暖夏凉，舒适无比。后来一传十，十传百，远近闻名，争相购买者络绎不绝。牛郎每天赶着老牛辛勤耕种，收的粮食吃的吃，放的放。这一对年轻夫妻，男耕女织，相亲相爱，过着幸福美满的日子。一年过去了，织女一胎竟生了一男一女。这更是锦上添花，喜上加喜。织女乐得早就忘记天上，不愿离开人间了。(《牛郎与织女》)②

七仙女一看牛郎憨憨厚厚的，是个老实人，就起了爱慕之心，隔着云海向人间一看，男耕女织，鸡飞狗叫，炊烟腾腾，

---

① 陈泳超：《中国牛郎织女传说·民间文学卷》，28卷，桂林，广西师范大学出版社，2008。

② 陈泳超：《中国牛郎织女传说·民间文学卷》，52页，桂林，广西师范大学出版社，2008。

人们的日子也怪幸福，远比在天上整天织布强多了，又动了下凡的心。她接过裙子，穿好衣服，没说别的，坐在牛郎的车子上，就跟着牛郎一起到人间来了。

自从七仙女来到人间，牛郎就像换了一个人似的，别提多勤快了。他们夫妻二人在村外一座荒山旁搭了一间茅草屋，住了下来。开出山四周的荒地，全部种上庄稼，晚上七仙女就关上门织绸罗缎匹。不上两年日子就过得富富腾腾的。第三个年头又添了个胖娃娃，又聪明又伶俐。又过了一年，又生了个胖小子，夫妻俩恩恩爱爱，拉巴着两个小孩子，小日子真是比蜜还甜。[①]

两情相悦

这些故事中都极力渲染牛郎织女二人幸福的婚后生活，首先是牛郎织女二人辛勤劳作，牛郎耕田，织女织布，二人都是劳动能手。其次是这个小家庭富有亲情，享有天伦之乐。大多数的故事中都讲述到牛郎织女生有一子一女，夫妻二人共同抚养孩子，一家人的生活可谓是其乐融融，牛郎“三十亩地一头牛，老婆孩子热炕头”的生活其实就是中国千百年来农民的生活理想。

天鹅为了保护自己的孩子和家庭敢于与狐狸等动物搏斗的精神与牛郎织女传说中牛郎敢于与王母娘娘等斗争极为相似。故事中当织女迫于母亲的压力不得不重返天庭时，牛郎挑起自己的一对儿女，极力追赶自己的妻子：

① 陈泳超：《中国牛郎织女传说·民间文学卷》，65 页，桂林，广西师范大学出版社，2008。

没过几天，王母娘娘硬把织女领走了。牛郎就担着挑子，一头挑儿子，一头挑女儿，连牛梭头也带着撵去了。一撵到天上，王母娘娘拔下头上金簪子一划，划下一道河，牛郎就拿出一条牛腿，把里面的土倒进河里，河就平了，接着又往前赶。王母娘娘又划了一条河，牛郎又填平了。接连划了三条河，牛郎都填平了。(《牛郎织女的传说》)[①]

牛郎和孩子们对着天河没有办法，天真幼稚的玉妹说："爸爸，我们拿水瓢舀干天河的水去找妈妈。"牛郎气急地说："行!"他就拿起水瓢，一瓢一瓢的舀天河的水。舀得累了，儿女们又合力帮爸爸舀。[②]

5. 忧郁的鸣叫与悲剧故事

布丰在其著作《天鹅》中描述了天鹅在弥留之际的鸣叫声，那是一种生命最后叹息的哀鸣，是为自己生命即将结束所做的哀痛且深情的告别。这种声调，如怨如诉，低沉地、悲伤地、凄黯地构成它自己的丧歌。这种生命的哀歌谱写了天鹅处女型故事的悲剧结尾。

门翁听了，立刻昏倒在地，整整昏了三天三夜才苏醒过来。当他醒来时，两个孩子告诉他说："爸爸你莫急，妈妈临走时告诉我们了，等以后天上有三根红、蓝、绿的线垂下来时，就是妈妈来接我们到天上去了。"从此，门翁就和孩子们眼巴巴地望着天上，盼着红、蓝、绿线早点垂下来。[③]

---

① 陈泳超：《中国牛郎织女传说·民间文学卷》，72页，桂林，广西师范大学出版社，2008。

② 陈泳超：《中国牛郎织女传说·民间文学卷》，79页，桂林，广西师范大学出版社，2008。

③ 漆凌云：《中国天鹅处女型故事研究》，100页，北京，中国戏剧出版社，2008。

天空中这一阵风波，终于被灵圣的老天爷知道了。老天爷大发雷霆，便把牛郎和他的两个孩子，分别放在河的西岸和东岸，使他们隔河相对。每年的七月七日，准他们夫妇、母子团聚一次。神女在这一年之中，织布缝衣，准备给她的丈夫和儿女用，所以后来称她为织女，在他们相会的时候，许多喜鹊都飞上天空，去给他们搭桥，以便他们渡河。

晚上，东方的天空中，现在不是仍然有一道像是盈盈在流的天河吗？河的东岸，有一颗亮晶晶的星儿，那便是美丽的织女；河的西岸，有三颗闪烁的星儿，便是牛郎和他的一儿一女了。他们遥遥相对，好像有一点儿悲哀凄楚。每年七夕的时候，常常有一阵淋淋的秋雨，那便是他们会合时候所流的欢乐而又悲哀的眼泪了。(《牛郎和织女》)[①]

## 二、鸟类崇拜

### (一) 鸟与鸟崇拜

鸟是大自然的宠儿，它可以上天入地，任意地游离在天空、陆地和水中。鸟更是我们人类的朋友，自从有了人类，人类便开始与鸟为伴，鸟是人类征服自然的得力助手。千百年来，鸟在人类的生活中发挥了举足轻重的作用。

鸟是人类在原始深山莽林中难得的伙伴，如果在森林里迷路，发现了被猎人称为“雀书”的鸟屎，人们就可以凭着鸟的引导走出迷津。其次对于游牧民族来说，鸟类还是很好的狩猎助手，鹰雕类猛禽具有非凡的捕捉动物和觅食能力，目光锐利，勇不可当。例如，满族先民们在长期的狩猎生产中，逐渐掌握

① 陈泳超:《中国牛郎织女传说·民间文学卷》，42 页，桂林，广西师范大学出版社，2008。

了鹰的习性，摸索出由“蹲鹰”、“熬鹰”、“过拳”、“跑绳”等组成的驯鹰过程，最后达到只要听到猎人的呼唤，鹰即能飞回其手臂，这时野生鹰就成为“熟鹰”了。放鹰时，只要猎手将猎物哄喝起飞，野鸡、河鸡、山兔等便会立即被擒，成为狩猎生产的得力助手和工具。有些鸟类还被一些少数民族训练，作为战争武器出现。例如，满族部落由于对鹰的生活习性非常熟悉，所以在部落战争时代，鹰被用做战争的武器，平时用与敌方服装、旗帜颜色一致的布包裹肉食，带着布包哺喂饿鹰，久之形成条件反射，打仗时，将战鹰放出，一见敌方的服装颜色，便猛冲入阵，利嘴尖爪，常使敌人遍体鳞伤，溃不成军。

在日常生活中鸟还是人类生活的老师：第一，帮助解决了民众的居住难题。人类最早的居住方式——筑巢而居即仿鸟巢而建筑，我国上古就有关于有巢氏教人修筑房屋的神话。第二，帮助民众判断季节，合理安排生产生活。鸟类在大自然的王国中，出于生存的本能，形成了以适应自然气候为特征的生存规律。游猎民族据此有节奏地安排狩猎活动，农耕民族更是赖此安排一年的农事劳作，可以说民众根据鸟的行踪有规律地安排自己的生产劳动很大程度上解决了古人的生产生活难题。第三，鸟类可以预报天气变化。鸟畅游于天际，天气的阴晴，风雨的变幻，江河的旱涝，鸟类都能敏锐地感知到。例如，云雀轻飞鸣唱，预示着天晴；大雁在湖边集群旋转，意在多觅食物，储存备用，预示着暴风雨将来临，湖水要上涨；苏雀云集，表明冬雪瑞沃，否则便要出现冬旱；鹰雕落一地，争夺食物，预示着将要变天。第四，可以根据鸟的食物丰俭来判断一个地方土地的肥沃或者贫瘠。例如，以前满族部落在决定迁徙某处前，先由萨满亲自捕捉此地禽鸟，割开嗉子，通过嗉内的虫类、草子的饱瘪，判断此处地气的优劣、有无瘟灾等，然后才决定迁徙与否。选择捕鱼地点，观察水患水灾，也多窥水鸟而知："浩泽无羽，安存虾鱼；鸟蹈浊浪，必生中鱼。"第五，可以根据鸟类的行为判断灾异。灵禽类天性机敏，对瘟疫、烟火、野兽有极强的反应力。例如，麻雀平日静飞，主宅院吉利；若麻雀舌闹喧天，必有隐火、毒蛇、瘟疫等异兆。乌鸦遇兵、野兽、僵尸、烟火时，群鸣报警。如发生山火，乌鸦能辨别火势、火灾，朝着与火蔓延的反方向振翅高飞。

由于鸟对人类的生活发挥了重要的指导作用，所以在先民的思维中逐渐形成了一种对鸟的崇拜，即所谓的鸟崇拜。这种对鸟的崇拜与敬畏是一种世界性的文化现象，这种现象最早出现于开发原始农业的定居先民。原始先民对鸟图腾的崇拜，是由于鸟对原始先民的稻作文化的起源和发展有过积极作用，所以人们将鸟看做是自己的祖先，经常进行祭祀，以保护自己和农业的丰收。"百鸟佃于泽"、"天美禹德，而劳其大功，使百鸟还为民田"、"大海越滨之民，独以鸟田"等诸多古代文献记载上古时期的确存在着驱鸟耕田之事。当然鸟儿耕田不能像牛耕田那样让我们容易理解，可以说"鸟耕田"只是古人从群鸟觅食的过程中学会了如何耕田。例如，在刘运珍《白鹤越冬研究报告》中就详细准确地描述了白鹤如何觅食耕田：

白鹤取食的方式为用喙挖坑觅食，将喙垂直插进泥土，用力5~7次，衔出一块像香蕉样的泥块，迅速甩向两旁。泥块直径为17~20毫米，长70~80毫米。每分钟挖掘7~8块。白鹤觅食挖掘的坑深为17~20厘米，宽20~40厘米不等。坑口与坑底同样大小，坑的两旁则为白鹤用喙挖的泥土堆。在白鹤群觅食过的湖底上，每平方米有3～4个坑，像拖拉机翻耕过一样[1]。

我国的鸟崇拜现象最主要出现在东南沿海地区和一些少数民族当中。我国地理分布大体可分为面向海洋的东南地区和面向亚洲大陆腹地的西北地区两大部分，东南地区在我国社会历史与民族文化诸特征的形成过程中一直起着重要作用。其中一个最重要的依据就是原始部落时期东南部族盛行的鸟崇拜。这些部族的鸟崇拜现在以文物的形式展现于世人面前。良渚文化中不仅有圆雕玉鸟，而且有大量在玉琮、玉璧、玉璜、冠状饰等玉器及少数陶器上雕刻的鸟图符。这些鸟图符的形状虽然多种多样，但是却可以看出是出于对同一母题的表现，而且有些鸟的身体上还都无一例外刻画有兽面神徽的眼睛（或者说鸟的身体均以神眼表示），这些都应该是良渚先民对鸟崇拜观念的真实写照。

中国古代的鸟崇拜不仅盛行于东南部族，以渔猎生产为主要经济形态的少数民族中，对鸟的崇拜尤为突出。东北地区的满族、哈萨克族等民族直到现在对鸟都充满敬意。例如，在满族先世女真人征伐兴师的战旗上就绘有鹰隼等绣像。满族服饰的装饰图案、窗花、妇女佩饰，也多以鸟图案为主题。灵禽的聪慧、机敏的天性，翔天入地的飞翔技能，猛禽非凡的勇力，敢于与虎豹狼虫等野兽拼搏的气概使原始人类仰慕不已，是人类可望而不能企及的。低下的生产力和谋生手段，使远古先民渴望获得禽鸟的觅食、飞翔能力，这种心理以及禽鸟超凡的技能使原始人类产生对其的神秘感是鸟崇拜观念产生的最初原因。

（二）鸟与图腾崇拜

原始民众在日常生活、劳动之余，仰望天空，很容易看到

① 刘运珍：《白鹤越冬研究报告》，转引自傅修延：《羽衣仙女与赣文化》，江西师范大学学报（哲学社会科学版），2000（3）。

天空中自由飞翔的鸟儿。这些鸟飞翔于蓝天的本领，很容易让人联想到借助鸟与天帝神灵沟通，很自然地将神灵飘忽不定、来去无踪的属性与鸟的来回飞翔作必然的联系，于是鸟便被想象为神灵驭使的工具，“金乌负日”，进而鸟又被看成为神灵的附着体和神灵指示物的一种象征物。对原始先民来说，鸟在空中自由飞翔、在陆地任意停留、在水中高低遨游等本领，使人感觉它上天入地，无所不能，从而对它产生一种崇敬的心情，并加以神化崇拜。这种崇拜不仅体现在生活的方方面面，例如，梳妆打扮，容貌举止作鸟状，最主要是将其作为部落图腾加以崇拜。

图腾为印第安语 totem 的音译，意为他的亲族，即指一个氏族的标记或图徽。处于氏族社会的原始人相信本氏族起源于某一动物、植物或其他特定物类，并认为这种物类是其氏族的象征和保护者，因而对之加以特殊爱护并举行各种崇拜活动。部落族民对这种动植物持敬畏态度，禁止触摸乃至杀害、食用。这种将某种动植物等特定物体视作与本氏族有亲属或其他特殊关系的崇拜行为被视为图腾崇拜。原始人常用绘画或雕刻等手段来彰显自己的氏族图腾，使它作为自己部落的形象及标志，如现在还在满族等少数民族村落中存在的图腾柱；还有些部落是将动植物图像文身在自己身体的某部，起到装饰或者震慑作用，例如，我国古代神话集《山海经》中关于“羽人”、“羽人国”的描述。东海女真人喜用鸟羽制品，如穿羽袍、戴羽帽、披羽斗篷、编羽帐、铺羽席、用羽伞；还有的被绘于某种木片和石片上，或被安装在帽子及盾牌上等，如苏联学者托尔马切夫在《白城遗址》中记载，在白城遗址中出土的遗物中就有“一面磨光，另一面饰有两只小鸟的浮雕像。1955 年，苏联学者在乌苏里江沿岸的金代土城遗址中发掘出带有鸟图案的砖瓦。

这些被形象化的图腾作为氏族的标记和徽章，均被认为具有某种灵性或神秘力量，能够保护本氏族的生存延续和发展壮大。

我国古文献中记载了很多古代部落都是以鸟为部落图腾的，这些部落尤其以东南沿海的部落为主。例如“天命玄鸟，降而生商”的商部落就将玄鸟看成自己部落的图腾。其次商部落集团内部各氏族也全是鸟的名字。还有我国上古东方各民族如太昊、少昊都是崇拜鸟的部落，他们也都是以鸟为名。太昊庖牺氏，风姓。风即凤，即凤鸟是太昊部落的图腾。还有百鸟之王少昊，名挚，而挚同鸷，大约是一只鸷鸟，是鸟崇拜最典型的氏族部落，在其氏族部落内，各氏族全以鸟为名，《左传·昭公十七年》：“凤鸟氏，历正也；玄鸟氏，司分者也；伯赵氏，司至者也；青鸟氏、司启者也；丹鸟氏，司闭者也。祝鸠氏，司徒也；鴡鸠氏，司马也；鸤鸠氏，司空也；爽鸠氏，司寇也；鹘鸠氏、司事也；五鸠，鸠民者也。”并且以鸷鸟为图腾的少昊之国，征服并包容了分别以凤鸟、玄鸟、伯赵鸟、青鸟、丹鸟、五鸠、五雉、九扈等鸟类为图腾的大小部落，并给各部落首领分别授予不同权限和职能的官衔，共同管理天下政事。

以鸟为图腾作为对象来崇拜主要是将鸟作为始祖神或者始祖神的助手来崇拜的。例如，在满族创世神话中，鸟神被看做是创世神的助手、人类的母亲和氏族的拯救者等。在天母阿布卡赫赫与恶魔耶鲁里争夺宇宙统治权的斗争中，神鸟多次帮助宇宙大神转危为安，赋予她无穷的威力。如太阳河神话中所讲，耶鲁里企图挟天为主，便在日月降落的黑夜里，悄悄冲向天空，口喷黑风恶水，淹没了穹宇大地，打败了阿布卡赫赫，一把扯去她用九座石山、九片柳林、九条溪流、九座兽骨编成的护腰战裙。阿布卡赫赫赤身裸体地逃回天上，昏倒在滚动着一束束金光的太阳河旁。太阳河边一棵高大的神树上，住着一只名叫昆哲勒的神鸟。它扯下自己的羽毛，为阿布卡赫赫擦拭伤口，编织护腰战裙，又衔来金光流漾的太阳河水，喷洒她的全身。当阿布卡赫赫身穿九彩神羽战裙从太阳河水中苏醒过来时，她成为一位金光灿灿、永远不死和不可战胜的大神。耶鲁里再也无法与她匹敌，被阿布卡赫赫打回地府。传说故事中阿布卡赫赫得以取得宇宙统治权，主要凭借众神的辅助，尤其鸟神发挥了重要作用，立下不朽的丰功伟绩，鸟神中的灵喜、各种水鸟、彩雀、鹰隼等都是阿布卡赫赫的侍女。每每阿布卡赫赫都是凭借神鸟的帮助才会临危获救，转危为安，赋予神力。神话热情地讴歌了鸟禽的创世功业，表达了满族先民对鸟神的无限膜拜之情。

还有满族的创世神话《天宫大战》里讲到，神鹰受天神之命，用昆哲勒神鸟衔来的太阳河中的生命与智慧的神羹哺喂萨满，用地母卧勒多赫赫的神光启迪萨满，使她通晓天地，掌握占卜之术；用巴那姆赫赫的肤肉丰润萨满，使她运筹神技；用耶鲁里自生自育的奇功诱导萨满，使她有传播男女媾育的医术。神鹰哺育的萨满终于成为世上第一个通晓神界、鸟界、灵界、魂界的智者，聪慧灵巧，安抚世界，传替百代。

（三）鸟与生殖崇拜

所谓生殖崇拜，就是生物对种类自我繁殖能力的一种赞美和向往。这是原始社会普遍流行的一种风尚，民众对部落成员、物品等都崇尚数量丰富。它是原始先民追求幸福、希望事业兴旺发达的一种表示。尤其是当时社会生产力极端低下，人在与自然及其他部落的斗争中懂得必须壮大自己的人口数量才能在所有的战斗中取得胜利，因此人就是生产力的全部，人口的多少、体质的强弱直接决定氏族或部落的兴衰，针对这种现实情况，人们对自己的生殖器、女性的乳房、臀部等产生好奇，进而崇拜。

生殖崇拜首先是先民对自己的身体崇拜。例如日耳曼人认为孕妇的受孕可以带来植物的丰产，一般要由孕妇播种；还有些地方，甚至把母乳直接倒入地里以求丰收。人们对妇女分娩十分重视。后来人们发现了男性在生育中的作用以后，男性的生殖器在生育和生产中的地位便日益受到重视，进而形成各种各样的男根崇拜。例如，汉字当中的“祖”之“且”就被看做是男性生殖器的象形表达。

生殖崇拜除了对自己身体某些部位表达崇拜之外，还有一些是对象征这些部位的动植物表达崇拜，鸟崇拜就是众多生殖崇拜中的一种。例如，以鸟为图腾的良渚先民，他们将祖先生命的来源得自于鸟，并且深信这种神鸟能给他们带来福祉，所以鸟对于良渚先民来说经历了图腾崇拜—祖先崇拜—生殖崇拜的转换历程。根据学术界的研究成果，图腾崇拜是原始社会中原始先民们祖先崇拜与自然崇拜、动植物崇拜相结合而成的一种宗教形式或信仰。然而，如就原始先民们的崇拜观念来说，人们当时对祖先崇拜或鬼魂崇拜赋予了更广泛的内容。最原始的祖先崇拜，包括在图腾崇拜之内，随后这种崇拜又被生殖崇拜所替代，因为人们相信祖先可以福佑子孙后代。原始先民对鸟图腾的崇拜，先是由于鸟对原始先民的稻作耕种的起源和发展有过积极作用，所以人们将鸟看做是自己的祖先，经常进行祭祀，以保护自己和农业的丰收。后来因为鸟具有保护自己和农业丰收的功能，逐渐就有了生殖崇拜的趋势。鸟崇拜本是生殖崇拜已经是学界普遍一致的看法。鸟直到现在都是（男性）生殖器的别名，蛋是睾丸的别名。鸟崇拜最初是女性生殖器崇拜，蛋本是混沌的原型，例如，盘古神话中就说世界最初混沌如鸡子，鸡子就是鸡蛋，鸟能生蛋，鸟则亦本混沌的象征，考诸现代文化人类学资料，鸟生蛋就是女子分娩的隐喻。如《史记·殷本纪》记载：“殷契，母曰简狄，有娀氏之女，为帝喾次妃，三人行浴，见玄鸟坠其卵，简狄取吞之，因孕生契。”简狄吞鸟卵而孕子，生成商人。可见在商人的心目中，玄鸟就是他们的祖先。

关于鸟崇拜与生殖有关的例证就是保存至今的各地各民族的鸟生传说。例如，台湾泰雅族以鸟为图腾，流行着富有诗意的鸟生传说。太古时代，南湖大山哈巴郭洛地方，有一块大石块。有一次，一只气力鸟飞来，将石头转动而落于水中，石块断开，从里面生出一男一女。他们繁衍子孙，成为南澳社的祖先。石能开裂是气力鸟的功劳，说明人的出生与鸟有关。

上古之时的人们认为，一个部落的军事力量的大小决定于其最高生殖宗神的大小。在商人的观念中就认为萑、鸱枭是永不枯竭、生生不息的生命之源，是最高生殖宗神的真实存在，是一个民族生存力的象征，它们都具有最强盛的生殖力量，因此，商人将萑、鸱枭作为自己的战神。商人的这种崇拜萑、鸱枭的观念还体现在商人的日用器具上面，例如，饮酒之礼器爵，其形本源于萑，以此作为权力、阶位之象征。上古之人将玄鸟、鸠鸟、鸱枭等加以尊崇都是羡慕其强大的生殖力所然。